AF436042

Il Ranger

Un Romanzo Western

Richard G. Hole

Far West

SINOSSI

El Paso era la città ideale per molte cose strane a causa della sua vicinanza al confine messicano, al quale per tradizione inviavano le armi indesiderabili per i guerriglieri rivoluzionari e il bestiame per nutrire questi guerriglieri.

Il contrabbando di armi e bestiame oltre confine era molto apprezzato dai nemici dell'imperatore Massimiliano, imposto dai francesi sul trono del Messico e voluto rovesciare dai sostenitori di Juarez, e il denaro necessario non importava quando si trattava di fornendo gli elementi più necessari per mantenere in vita la rivoluzione e la lotta.

Il Ranger è una storia appartenente alla collezione Far West, una raccolta di romanzi sviluppati nel selvaggio West americano.

IL RANGER

Capitolo I

VOCAZIONE RANGER

Harry Parker, alla fine della Guerra Civile, si ritrovò con una lucida patente in tasca, un paio di medaglie meritate, tre cicatrici nascoste sotto il logoro guerriero, qualche distintivo da sergente che non aveva più valore, e una cinquantina di dollari per capitale. Tutto questo testimonianza di un passato molto glorioso ed emozionante, ma nulla di prezioso per un futuro molto incerto.

Perché la guerra aveva lasciato diversi Stati scardinati, compreso il Texas, che seppur geograficamente non subiva dolorose cicatrici se veniva accusato nel caos e nella disorganizzazione della vita quotidiana.

Molti ranch erano scomparsi, altri abbandonati in quanto fatiscenti, il bestiame fuggito o disperso senza che nessuno si prendesse cura di loro per mancanza di uomini impantanati nel conflitto e se questo non bastasse, brigantaggio, azione di saccheggio, le parti della senz'anima uniti in bande per possedere una maggiore forza di aggressione, dominavano quasi l'intero immenso stato.

Harry pensò al suo futuro. La cosa logica era tornare alle sue cose, al cavallo e alla corda, cercare un ranch dove stabilirsi per riprendere una vita di lavoro interrotta dalla guerra, ma questo, a parte il fatto che non era facile al momento, sembrava non piacergli completamente, ora che aveva cambiato il corso della sua vita e da pacifico cowboy era diventato un formidabile combattente.

Senza sapere perché, aveva preso in simpatia il combattimento, era sedotto dalla pericolosa emozione del combattimento, dall'incertezza di ciò che sarebbe potuto accadere, dall'eccitazione prodotta dal sapere che c'era un nemico vicino con cui doveva lottare e aguzzare la sua ingegno. , controlla i tuoi nervi e affina la tua mira per essere vittorioso. Tutto questo era entrato nel suo giovane sangue come un virus velenoso, e si ribellava a rinunciarvi per rituffarsi nella vita monotona e volgare dei pascoli.

Ma la guerra era finita e quell'emozione era riservata a chi era fuori legge. Solo loro potevano continuare ad affrontare il pericolo, ma in modo anonimo, strisciante, senza uno scopo nobile e con l'esposizione non di morire in una rissa legale alla luce del sole, ma appesi a una corda.

E questo non era ciò che desiderava. Era nato onorevole, aveva combattuto sotto il segno di una bandiera onorevole, e non poteva disonorarla dopo la guerra. Non era nato per essere un ladro di bestiame o un ladro, e non poteva lanciarsi per quei sentieri che aveva ferocemente ripudiato.

Ma invece, credeva di essere nato per qualcosa di più nobile dopo la sua dolorosa esperienza di guerra. L'uomo che aveva dato tante prove di coraggio, audacia e coraggio durante la guerra, era temprato per il pericolo e poteva ben costituire un ottimo ranger, molto di più, in quei momenti in cui l'esplosione del brigantaggio esigeva un aumento di forza in campo. Corpi per poter imporre legge e ordine e spazzare via dai prati e dai monti le orde rapaci che rischiavano di rendere ancora più dolorosa e grave la situazione dello Stato.

Questo gli fece piacere, sarebbe stata una continuazione di ciò che aveva appena lasciato, anche se in un ordine diverso. Una lotta aperta e senza quartiere con un nemico più spregevole, perché non hanno combattuto più o meno a torto per una causa e sotto la bandiera di una bandiera, ma hanno ucciso per egoismo, profitto e voglia di uccidere.

Essere un ranger era tutta la sua illusione. Alla fine dei suoi ventisei anni, credeva di aver ormai scoperto la sua vera vocazione e il suo anelito ne faceva il sogno d'oro del futuro, ma non vedeva molto chiaramente la possibilità di essere ammesso al Corpo.

In quei momenti in cui regnava il confucianesimo e nessuno sapeva esattamente chi fosse chi, i comandanti del famoso e coraggioso Corpo agivano con enorme cautela. Avevano bisogno di guardie forestali, ma si guardavano bene dal ammettere più che uomini con una solida garanzia morale, poiché, se non agivano con questa prudenza, potevano portare nelle loro file pigri, ubriachi, indesiderabili, persone che sotto la copertura della gloriosa uniforme grigia di ogni Divisione non solo poteva disonorare il suo primato immacolato, ma seminare in esso il veleno di molte cose devastanti.

Ed era un completo estraneo senza una solida approvazione da presentare con una domanda. Sapeva che sarebbe stata una perdita di tempo provarci e non era qui per sprecarlo, quando la sua situazione finanziaria era precaria. Avrebbe dovuto rinunciare a un sogno così bello e vagare per la prateria alla ricerca di qualche possibile ranch dove tornare a maneggiare docilmente il lazo, anche se non lo considerava facile.

La mattina in cui stava per lasciare il suo vecchio reggimento per allontanarsi dall'ambiente di guerra, prima di partire, cercò il suo capitano per salutarlo.

Il capitano era un uomo coraggioso. Era salito da tenente quasi sullo stesso campo di battaglia e Harry ha combattuto al suo fianco in molte azioni, essendo uno dei suoi uomini più fidati. Quando si presentò per salutare, il capitano chiese:

"Bene ragazzo, è finita. Dove andrai e cosa farai adesso?

"E' quello che mi chiedevo io, il mio capitano. Le cose, secondo le mie notizie, non sono molto chiare in Texas e sembra che l'intera questione del bestiame sia un pasticcio che richiederà tempo per essere risolto. Non so se troverò dove agire di nuovo, o dovrò trasferirmi in California o in Arizona, dove le cose saranno un po' più in ordine. Il mio piacere sarebbe stato poter fare domanda per un posto nei ranger ora che ne serviranno molti altri per garantire la legge, ma so che questo è molto difficile perché c'è molta cancellazione tra i candidati e solo quelli che possono presentare una buona vidimazione sono ammessi. Mi dirai che il mio record di servizio è già una solida garanzia, ma non credo ne valga la pena, perché ci sono ragazzi che la guerra li ha costretti ad essere coraggiosi per istinto e ora quel coraggio sarà usato molto male.

Il capitano lo fissò e chiese:

"Vorresti davvero unirti ai ranger?

«Certo che sì, mio capitano; È il mio sogno d'oro Penso che ora che ho superato la paura, che ho sparato, che sono nell'ambiente e non do grande importanza al pericolo perché ho imparato tante volte a domarlo, potrei giocare un buon ruolo il Corpo. Sono giovane, sono sano, non sono un codardo e ho una grande resistenza. Se potessi portare una garanzia di moralità legata a queste condizioni, penso che sarei ammesso e se lo fosse, sono certo che non si pentirebbero di ammettermi a nessuna divisione.

Il capitano, sorridendo, rispose:

Pensaci, ragazzo. Hai ingannato la morte molte volte, perché continuare a sfidarla inutilmente?

"Non lo so, sarà perché l'ho presa in giro e non ho paura di lei.

"In tal caso, cercherò di aiutarti. Il capitano della Divisione K che ha la sua missione in "El Paso" è un mio amico; Se non hai cambiato Corpo e sei ancora lì, spero che ti prenderai cura di me perché mi conosci bene e sai che non consiglierei una mela marcia. Ti darò una lettera per lui e ti presenterai. Quindi, non rispondo più che ha tutto l'effetto che intendi, ma non posso fare di più.

"Ed è troppo, mio capitano," affermò Harry con entusiasmo. Essendo suo amico e conoscendolo, sarai sicuro che non ti ingannerà più... perché ho la fortuna di essere ammesso subito. Sarebbe qualcosa che nessuno dei due sognava.

«Be', prepara le tue cose e torna indietro per la lettera.

Harry, pazzo di gioia, riempì la sua vecchia valigetta con i vestiti e le sciocchezze che conteneva e poco dopo si presentò di nuovo al capitano. Una strana febbre lo dominava e quando chiudeva gli occhi meditando sul futuro, si vedeva a cavallo con addosso l'onorevole divisa dei battitori e inseguire per il paesaggio le bande di rapinatori e assassini che cominciavano a svolgere le loro perniciose attività nel Sud e Ovest. dal Texas.

Il capitano aveva già scritto la lettera. Fu breve, ma espressivo e altamente complimentoso, tanto che il ragazzo arrossì quando lesse ciò che diceva sul suo coraggio, la sua lealtà e la sua moralità.

Ecco qui. Sono convinto che se c'è una possibilità che tu venga ammesso, sarai il benvenuto.

"Grazie mille, mio capitano. Se è così, mi renderai l'uomo più felice della terra.

"O i più sfortunati, Harry. Non sai ancora qual è la dura vita dei ranger e i pericoli che corrono. Guadagnano eccessivamente quello che chiedono e per loro non c'è altra vita che mobilità, persecuzione, pericolo, sofferenza freddo, neve, fango, acqua, sole, fatica, disagi e pericoli, buona fortuna e vai avanti con quella divisa come sei arrivata con questa.

"Grazie. Cercherò di lasciarlo nel posto che merita.

E mettendo via la lettera, lo salutò con una stretta di mano commossa.

Harry si diresse a "El Paso" con il mezzo più veloce che poté trovare, che non erano molti, perché i trasporti erano sconnessi come la vita nella nazione e un giorno, dopo un lungo e pesantissimo viaggio, sarebbe arrivato nel città di confine e rabbia con il cuore traboccante di entusiasmo, ma allo stesso tempo, con il timore di subire la più grande delusione della sua vita.

La città era in fermento con la gente. La fine della guerra ha imposto un grande dinamismo per riorganizzare la vita in tutti i settori. La gente, aggressiva e ottimista, si preparava ad avviare attività commerciali, a ristabilire il commercio, a fare qualcosa per sanare le ferite della guerra e alleviare la fame e la rovina che devastavano molti settori e molte abitazioni.

Per le strade sono state viste anche alcune divise indossate dei primi laureati, che a loro volta hanno cercato alloggio nelle loro attività precedenti o in quelle che il bisogno imponeva loro. Non mancavano tra loro uomini dall'aspetto strano, gente che sembrava denunciare al miglio che non era un lavoro dignitoso quello che cercavano proprio. El Paso era la città ideale per molte cose strane a causa della sua vicinanza al confine messicano, al quale per tradizione inviavano le armi indesiderabili per i guerriglieri rivoluzionari e il bestiame per nutrire questi guerriglieri.

Il contrabbando di armi e bestiame oltre confine era molto apprezzato dai nemici dell'imperatore Massimiliano, imposto dai francesi sul trono del Messico e voluto rovesciare dai sostenitori di Juarez, e il denaro necessario non importava quando si trattava di fornendo gli elementi più necessari per mantenere in vita la rivoluzione e la lotta.

Questo era noto a tutti gli abitanti del confine e sebbene il governo degli Stati Uniti non volesse essere coinvolto nella causa e cercasse di tagliare qualsiasi intervento a favore dell'uno o dell'altro, il suo potere in momenti così sconvolgenti non si estendeva a controllare tutto . il corso del Rio Grande ed evitare quel traffico illegale che se produceva disastri nei messicani, perché aiutava a mantenere lo stato bellicoso, danneggiava anche gli Stati Uniti, perché sia il bestiame che le armi, era una espropriazione che si faceva agli allevatori e persino ai depositi di armi della nazione.

Harry, che aveva già perso la visione di quella che era una città pacifica, anche se rumorosa e burbera, sembrava sentirsi spaesato nelle sue strade. L'istinto del pericolo in cui si trovava da tanto tempo lo rendeva diffidente e, senza rendersene conto, guardava a destra ea sinistra o in alto e in basso, credendo che da un momento all'altro sarebbe sopraggiunto il pericolo sconosciuto.

Alla fine, dopo aver chiesto, localizzò la caserma dei Ranger. In esso si osservava un movimento insolito, gli uomini andavano e venivano, alcuni in abiti civili, altri indossavano uniformi militari o qualche indumento di essa e tutto sembrava indicare che il movimento degli uomini era travolgente e incontrollabile.

Due ranger con uno sguardo stanco alla parata stavano di guardia al cancello. Harry si avvicinò a uno, chiedendo:

"Capitano Walter, per favore?

"Capitano Walter? Oh, il capitano è furioso, scapolo! Non lo lasciano né al sole né all'ombra, ha ricevuto più di cento candidature e non credo che sia di buon umore. Se si tratta di chiedendo un posto nella Divisione, è meglio che si dimetta, è stanco di licenziare la gente dicendo loro che la quota è piena.

La risposta non fu molto confortante per Harry, ma non doveva dimettersi senza combattere e replicò:

"Ho una lettera per lui, di un capitano che è stato al fronte ed è un suo caro amico.

"Hmm! Beh, questa è un'altra cosa... Job, accompagna l'amico nell'ufficio del capitano e digli cosa c'è.

La sentinella guidò Harry attraverso i corridoi e le scale e lo condusse al piano di sopra, dove il capitano Walter aveva il suo ufficio. Si sentiva gridare da una mezza dozzina di uomini nel suo ufficio.

"Ti dico che mi dispiace, ma non può essere qui. Vai a San Antonio oa Vacco, dove potresti aver bisogno di uomini. Qui è tutto coperto" e nervosamente li ha spinti a farli uscire dall'ufficio.

Il gruppo scomparve e il capitano, sbuffando, affrontò il ranger:

"Cosa succede adesso, Giobbe?

«Mio capitano, questo ex combattente dice di aver portato una lettera di un suo amico dal fronte. Per questo l'ho lasciato passare.

«Va bene, Giobbe, lascialo fare.

E indicando la porta, indicò:

«Entra, sergente.

Harry entrò eccitato. Sentiva vana la paura di quel viaggio e non riusciva a nascondere l'angoscia che gli procurava.

Il capitano, prendendo la lettera che l'avvocato gli aveva presentato, chiese:

«Da dove vieni, sergente?

"Da New Orleans.

"Buon sito. Eri presente durante la presa della città?

"Sì mio capitano. Ero nella cattura del forte di San Carlos e poi sono entrato in città con il resto delle truppe.

"Hai battuto bene il rame, vero?

"Ebbene sì, mio capitano. Faceva abbastanza "caldo" e alcuni si sono bruciati. Altri sono stati fortunati.

Il capitano prese la lettera e la prima cosa che cercò fu la firma. Decifrandolo, sorrise di piacere.

"Wow, è di Gray! Hai combattuto sotto il suo comando?

"Quasi tre anni, mio capitano. Da quando era tenente.

"Bravo ragazzo e bravo. Andrà lontano.

Ci sono stati alcuni minuti di silenzio mentre leggevo il contenuto della lettera. Quando ebbe finito, lo mise sul tavolo, commentando:

"Gray è entusiasta di te, te lo meriti?

"Non lo so, mio capitano, ma sa che ho cercato di meritarmeli.

«Ottima risposta, sergente. Così dovrebbero essere gli uomini. Come mi dici qui, il tuo nome è Harry Parker.

"Sì signore.

"Dove sei nato?

"Qui in Texas, in una città vicino a Corpus Christi Bay.

"Eri un cowboy?

"Sì, ma il ranch del mio capo è stato raso al suolo dai guerriglieri del sud e il suo bestiame è scomparso. Non c'era modo di tornare da lui.

"Capisco. Da quello che vedo, hai vinto due medaglie in azioni di guerra.

"Almeno me li hanno concessi. Ho anche tre cicatrici che non porto perché sono più brutte delle medaglie.

Il capitano sorrise; era divertito dall'umorismo infantile del laureato.

"Beh, e con tutto quel bagaglio e la raccomandazione del mio amico, vieni a fare domanda per essere ammesso ai ranger.

"Sì mio capitano. Se non avessi avuto quella raccomandazione, non avrei osato, perché mi avevano detto che era molto difficile e, inoltre, per evitare di ammettere persone in condizioni dubbie, solo chi presentava una solida garanzia sono stati serviti. Me l'ha offerto e l'ho ringraziato molto, anche se ... il suo augurio è nulla, perché ho già visto come decine vengono a richiedere lo stesso.

«Esatto, sergente, ma non sono tutti uguali. Hai mai pensato che anche se fossi stato ammesso, la tua laurea nell'esercito non ti sarebbe stata di alcuna utilità? Qui le promozioni si guadagnano per merito in servizio al Corpo.

"Non mi interessa. Nell'esercito mi hanno promosso senza che io lo cercassi; qui, se riuscissi ad entrare, starei attento a conquistarli. Non so, forse sbaglio , forse fallirò, potrei non essere uno dei tanti se potrò indossare l'uniforme, ma se la indosserò, metterò tutta la mia anima e tutto ciò che devo mettere per guadagnare quelle promozioni che darei al mio ex capitano, in cambio della tua raccomandazione, ho le prove che sono nato per ranger e vorrei verificare se è vero o no.

"Beh, dopo averti dato quegli avvertimenti, posso dirti che, dei pochi posti riservati agli impegni inevitabili, posso offrirne uno in regalo al mio amico Gray. So che mi servirebbe lo stesso in qualcosa che gli ho chiesto e so che non ti consiglierebbe se non fosse sicuro che lo lascerai bene.

«Quindi io... posso contare su... di essere ammesso al Corpo e...

"Non te lo dico? Sei stato ammesso e testeremo se è vero come pensi di essere nato ranger. Ci sono molte cose delicate di cui occuparmi, ho bisogno di uomini abbastanza coraggiosi per certi servizi rischiosi e duri e siccome ti ritieni valido per loro, ti proverò su alcuni che mi diano la misura delle tue capacità.Le promozioni ci sono, in quei servizi e avrai le stesse probabilità degli altri di guadagnarli.

"Grazie mille, mio capitano", esclamò Harry con voce tremante, "non sai quanto mi rendi felice con questa concessione e ti prometto solennemente che andrò il più lontano possibile, farò ciò che il più e dove il più è esposto. Mi esporrò per primo. Se mai incontrerai il mio ex capitano e gli parlerai di me, voglio che sia per affermare che ho potuto onorare la sua raccomandazione e che sono il migliore.

"Beh, niente di più Harry. Per oggi sei libero di riposarti dal viaggio e domani mattina, alle nove, vieni a farti prendere la tua affiliazione e ad includerla nella lista.

"Grazie mille, capitano Walter. Domani alle nove mi avrai qui.

Salutò rigidamente e lasciò l'ufficio con il cuore che palpitava di gioia. Il sogno che aveva accarezzato e che già credeva impossibile, si era appena realizzato grazie a una semplice lettera, ma quella lettera conteneva tutto il suo spirito patriottico, il suo coraggio, la sua onestà e la sua efficienza.

A partire da domani, sarebbe stato un ranger, che indossava con orgoglio l'uniforme grigia degli scout e si preparava a mettersi alla prova nella linea del dovere.

Gioioso cercò una locanda per dormire quella notte e approfittò della giornata per girare la città.

Capitolo II

UNA GRANDE VISITA

Il giorno dopo, all'ora stabilita, Harry era in caserma in attesa che il momento venisse filmato e inserito negli elenchi della Divisione.

Non era l'unico ad aspettare il ricovero, con lui c'era un ragazzo alto, biondo, allampanato, con occhi azzurrissimi e capelli ricci. Sembrava provenire da genitori irlandesi a giudicare dal suo tipo.

Era anche un laureato, anche se a causa del guerriero che indossava ancora, non era passato da semplice soldato. Il giovane guardò Harry con un po' di rispetto quando scoprì le insegne del sergente sulla sua tunica. La disciplina militare era ancora radicata in lui e si alzò meccanicamente in piedi quando Harry entrò, ma Harry, con un gesto imperativo, ordinò:

"Siediti, per favore. Eccomi né più né meno di nessuno e se indosso ancora questi distintivi non è per vanità, ma perché non avevo altri vestiti da cambiare. Comunque, presto lo cambierò con un altro più semplice e meno appariscente, anche se non per questo meno onorevole. Sarò un numero in più nel Corpo e nessuno dovrà ricordare che ero qualcosa nell'Armata del Nord.

"Sei stato ammesso ai Rangers?

"Così sembra, vero?

«Anche. Sembra che di quanti siamo andati ieri a cercare di arruolarci, solo tu e io abbiamo avuto questa fortuna.

"Certo. Rimango grazie alla grintosa raccomandazione del capitano della mia compagnia, con cui ho combattuto per tre anni. Se non fosse stato per lui, non sarei stato ammesso.

"Sì, è molto difficile. Ho un lavoro perché sono il fratello del sergente Bob Reggs. Mi chiamo Caro Reggs.

"Io, Harry Parker.

"Sono lieto di conoscerla, sergente, e spero che se saremo assegnati alla stessa compagnia, saremo buoni amici e colleghi. Mio fratello è un veterano dei Rangers ed è molto apprezzato nel Corpo. Ci sarei entrato prima se non fosse scoppiata la guerra, ma quando è scoppiata mio fratello mi ha detto che avrei guadagnato di più arruolandomi prima nell'esercito, dove avrei imparato e acquisito pratica e tenacia. Non mi appesantisce, perché in realtà mi sono liberato di un duro apprendimento.

"Sì, la guerra insegna molto e ci mostra se valiamo qualcosa in seguito per qualcosa di simile. Anche tu sei texano.

"Non c'è dubbio. Siamo nati vicino ad Austin, ma quando mio fratello è stato promosso a sergente ed è stato permanentemente in questa divisione, Bob ha deciso che venissimo tutti qui. Mia madre, mia sorella Cynthia ed io. Abbiamo venduto la nostra piccola proprietà e ha comprato un terreno alla periferia di El Paso, dove abbiamo una capanna molto accettabile e un po' di terreno, così mio fratello ha potuto prendersi cura della famiglia il più possibile e quando non ha servizio, spende un po' di tempo con mia madre e mia sorella.

»Mia madre è un po' dispiaciuta perché ha sempre paura che possa succedere qualcosa a mio fratello e ora a me. In nessun modo voleva che mi unissi, anche nei ranger, ma cosa troverò di meglio ora che tutto è scardinato? Qui guadagni uno stipendio decente, hai un cibo sicuro e puoi aiutare la famiglia. Mio fratello ha sofferto questo peso per molto tempo, ma ora posso aiutarlo a sopportarlo, e tra noi due, il nostro non soffrirà la fatica o la privazione. Hai la famiglia lontana?

«Solo qualche parente di secondo grado.

"Questo è peggio; la famiglia è sempre un conforto e un rifugio.

"Vero, ma quando si sceglie una cosa del genere, che è pericolosa, la famiglia soffre pensando alla propria fortuna e si soffre pensando a loro. Lo sai.

"È vero, ogni cosa ha i suoi pro e i suoi contro.

La presenza del capitano Walter ha interrotto il dialogo. Entrambi si alzarono in piedi salutando militarmente.

"Ciao ragazzi" salutò a sua volta il capitano. In questo momento prenderanno la tua affiliazione e i requisiti per la tua iscrizione saranno soddisfatti. Reggs, ho ordinato che una volta che tutto sarà in ordine, tu venga aggiunto alla compagnia comandata da tuo fratello. È molto interessato a guidare i tuoi primi passi e poiché ho qualcosa di importante da affidargli, a mia volta voglio che ti porti al suo fianco e ti metta alla prova nel vuoto. Bob è troppo rigido per trascurare tutto ciò che non gli piace e anche se sei suo fratello non si morderebbe la lingua nel darmi il rapporto.

"Grazie mille, Capitano Walter," rispose Caro con fermezza. "Mio fratello non avrà occasione di travisarmi.

"Festeggerò... beh ragazzi, vi lascio avere molto da fare.

Un ranger è salito alla ricerca della coppia per portarli negli uffici, dove dopo aver preso l'affiliazione è stato loro assegnato il posto, è stato detto loro che cosa erano i loro borsoni nelle camere da letto e sono stati portati al magazzino per farsi consegnare le divise .

Un'ora dopo, entrambi indossavano eccitati le divise grigie nuove di zecca ed avevano in loro possesso il fucile, la rivoltella, entrambi recanti l'anagramma del Corpo, la sacca da viaggio e, più tardi, i cavalli che dovevano montare.

Ad Harry piaceva molto il suo. Era un magnifico esemplare nero come la notte, con una testa intelligente e uno scheletro duro, capace di sopportare molti giorni estenuanti.

Più tardi, videro di nuovo il capitano, che, sorridendo, commentò:

"Bene ragazzi, avete già realizzato il vostro sogno d'oro; ora devi solo rendertene degno.

"Non vediamo l'ora di dimostrarlo", disse Harry.

«Be', forse non ti ci vorrà molto. Adesso Bob verrà a prendersi cura di te e siccome non ci sarà niente di organizzato fino a domani e data la tua qualità di ex combattente non hai bisogno di istruzioni preliminari, questo pomeriggio puoi passeggiare un po' per la città. Domani sarà un altro giorno.

Si allontanò da loro e poco dopo apparve il sergente Bob Reggs.

A Harry piaceva il suo aspetto. Era un omone impressionante, che, sebbene in faccia assomigliasse molto a suo fratello, umanamente non era d'accordo con tutto, poiché la sua altezza era molto più alta e il suo peso superava il fratello di quaranta libbre.

Era un uomo molto scuro, con la pelle ruvida per la brutale carezza degli elementi e il suo scheletro doveva essere la durezza della roccia.

Ma nonostante il suo gesto severo da bravo militare, c'era qualcosa di attraente nel suo viso, forse il tenue bagliore dei suoi occhi azzurri, forse l'inizio di un mezzo sorriso naturale che poteva nascondere perché sembrava congenito in lui, qualcosa che A Harry piaceva. all'estremo.

Bob si fece avanti dicendo:

"Sei il nuovo Ranger Harry Parker?

«Al tuo comando, mio sergente.

"Penso che fossi nell'esercito.

"In effetti, lo ero.

"E il capitano mi ha detto che ha delle medaglie e delle cicatrici.

«Esatto, mio sergente.

«Be', le medaglie, puoi continuare a portarle, anche se qui le strisce da sergente non ti servono. Tuttavia, possono essere salvati con buona volontà.

"Cercheremo di farlo.

"Beh, non ho niente da dirti. Il capitano me lo consiglia con interesse e spero che né voi abbiate lamentele su di me, né io su di voi. Mi piace che gli uomini mi amino, ma mi piace anche che sappiano farsi amare.

"Quanto a te", ha aggiunto, indicando il fratello, "dimentica il nostro rapporto durante gli atti di servizio, perché quando si tratta di recitare, per me non sarai altro che un ranger della mia compagnia e io sarò il suo sergente per te.

«Credo sia preferibile chiarire la situazione; in caso contrario, puoi chiedere di essere trasferito ad altro.

"Va bene Bob, lo terrò a mente.

"Beh, non c'è più niente di cui parlare. Puoi avere oggi e domani inizierai ad agire.

"In tal caso" disse Caro ", vado a vedere la mamma e Cynthia per salutarli e vedere quanto sono bello in questa uniforme. Spero con il suo permesso, signor Sergente, che mamma e Cynthia lo trovino di più bello di te.

"Va bene, Caro, ma mi darai una gioia maggiore se un giorno penseranno che anche tu sei più coraggioso di me.

«Non è più facile, sergente Reggs, ma ci proveremo.

Il sergente sorrise e congedò il fratello con un'affettuosa pacca sulla spalla. Caro tirò il braccio di Harry, dicendo:

"È molto rigido come sergente, ma ha un cuore di bambino e ci ama tutti alla follia. In realtà, è stato lui a farci avanzare tutti.

Fuori dalla caserma, Caro chiese:

"Cosa farai adesso, Harry?

"Non lo so, non ho un piano preconcetto.

"Perché non mi accompagni a casa? Ti presenterò mia madre e mia sorella e saranno felici di incontrare una mia brava collega.

Harry annuì. Tra l'annoiarsi da soli e l'accompagnare Caro, questo sembrava più distratto.

Entrambi sono andati alla periferia della città sul lato orientale. Là, a mezzo miglio dalle ultime case, in mezzo al campo, sorgeva l'allegra e spaziosa capanna dei Regg, circondata da un grande e ben curato frutteto.

La capanna, lunga e solida, aveva al centro un portico sporgente coperto con pavimento in legno, protetto da una specie di rozza veranda fatta di grossi rami intrecciati.

Nella mattinata di sole e felicità una graziosa figura femminile si stagliava sulla veranda. Appese i panni a una corda incrociata da una parte all'altra del portico e la sua posizione, sollevata in punta di piedi per abbracciare meglio la corda, la metteva in risalto con tutta la briosità del suo bel corpo rotondo.

Caro la riconobbe all'istante e notò:

«Quella è Cynthia, mia sorella.

E fischiò stridulo in un modo particolare.

La giovane donna, sentendo il fischio, si voltò di scatto e guardò verso la città. Dopo aver scoperto i due ranger che avanzavano, urlò:

"Mamma, mamma, sta arrivando Caro!

E come un cervo corse veloce incontro a Caro.

I due si abbracciarono calorosamente e Harry rimase in disparte ammirando la bellezza morbida, serena, ma dinamica e seducente della ragazza.

Era bionda come i suoi fratelli. Era più simile a Caro che a Bob nella flessibilità del corpo, e l'ex sergente calcolò che non avrebbe dovuto superare i ventun anni.

I suoi occhi erano di un azzurro intenso, ma dell'azzurro poetico di un lago addormentato sotto la carezza del sole. I suoi capelli erano naturalmente ricci, formando graziosi riccioli sciolti. Aveva il naso un po' all'insù, il che dava una grazia maligna e particolare al suo viso e aveva una bocca piccola e bella, attraverso le cui labbra quando sorrideva mostrava la doppia fila di denti bianchi, piccoli e uniformi.

La ragazza, dopo aver abbracciato con effusione il fratello, si staccò un poco e, esaminandolo da cima a fondo, commentò:

"Come sei bello in uniforme, Caro! Sei più bello di Bob!

"Non dirglielo, si offenderà.

"Bah! Bob non si offende per niente e meno per questo. Sai che ci ama tutti molto.

In quel momento, Martha, la madre dei Regg, apparve attratta dal richiamo della figlia.

Vedendo Caro in divisa da ranger, si fermò un attimo ed esclamò con una certa tristezza:

"Finalmente ce l'hai fatta, Caro. Non perdonerò tuo fratello per questo...

"Ma, mamma, i Rangers stanno andando molto bene e la tua vita è assicurata. Sai che i tempi sono brutti per trovare qualcosa di adatto e qui... beh posso diventare sergente come mio fratello e guadagnare un buon stipendio.

"Sì, va bene tutto se non ci fossero ladri, contrabbandieri e rapinatori da dare la caccia. Non è un piatto di mio gradimento aver speso così tanto fatica a crescere due bambini in modo che un giorno verranno fucilati in riva al fiume o in montagna.

Dai, mamma, non essere pessimista. Bob è con i Rangers da quattro anni e lo vedi, così vivo e così sano.

"Quello che non succede in quattro anni accade in un giorno, Caro, e ora l'ansia è doppia, perché il pericolo è per entrambi.

"Beh, non pensare a cose tristi ora. Lascia che ti presenti un partner che si esibirà con me agli ordini di Bob.

Questo è Harry Parker, un ex sergente dell'esercito del Nord durante la guerra. Ha vinto diverse medaglie per il coraggio e ha tre cicatrici sul corpo. Vedete, è stato ferito tre volte eppure è vivo.

E rivolgendosi ad Harry, aggiunse:

«Questa è Martha, mia madre, e questa, Cynthia, mia sorella.

"Piacere di conoscerti," disse Harry, un po' imbarazzato, perché la suggestiva bellezza di Cynthia lo aveva colpito ed era consapevole dell'attrazione della giovane donna.

"Il gusto è nostro", disse Martha, "e sarò felice che siate buoni compagni e che andate d'accordo. Sembri un uomo più equilibrato e spero che ti prendi cura di questo pazzo a cui non importa nulla. Come per Bob, è troppo serio, lo ammetto, ha preso la sua missione di sacerdozio ed è rigido come una verga d'acciaio, ma vedi, in fondo è un ragazzo travestito da leone. guadagnerà tutta la sua simpatia.

"Lo spero, signora, e da parte mia, farò del mio meglio per ottenerlo. Se vogliamo vivere la stessa vita di preoccupazioni, lavori e pericoli, è giusto che siamo così intrecciati che siamo uno per tutti e tutti per uno.

"Dio lo faccia così. Ora, temo che le cose siano molto più aride che in questi tre anni di guerra. Mentre è durata la guerra, questo è stato relativamente calmo, c'erano molte persone sui fronti e qui gli affari erano poveri, ma con lo scarico, secondo le paure di Bob, molti ragazzi pericolosi stanno per rovesciare queste terre con cui dovremo combattere aspramente. per buttarli fuori di qui. Questa maledetta città di confine è terribile, perché si presta a molti affari sporchi e si teme che il furto e il contrabbando aumentino. Ti aspettano giorni difficili e questa è la mia paura.

"Anche la guerra era dura e dovevi combattere ogni giorno; Tuttavia, vedi, tuo figlio, io e molti altri abbiamo resistito a tanti mesi di pericolo e siamo tornati.

"Capisco, ma questo non risparmia pericoli futuri. Quelli sono già passati, ma che dire di quelli che rimangono?

"Li esamineremo con cautela. Abbiamo esperienza e sangue freddo e questo vale molto.

"Dio faccia confermare le tue parole.

La vecchia li invitò ad entrare e seduta in veranda servì loro idromele che doveva rinfrescare nel pozzo.

Harry era contento di aver accompagnato Caro.

La presenza della sua attraente sorella gli faceva dimenticare tutto e avrebbe voluto che la giornata fosse infinita per continuare al suo fianco.

Mentre sua madre interrogava il fratello e gli dava consigli ampi e pesanti che il ragazzo ascoltava con un sorriso affettuoso, Cynthia, curiosa di sapere cose sconosciute, chiese ad Harry della sua campagna per prendere New Orleans, di cui era stata denunciata. Parlava molto anche in quei confini e si sentiva ammirata delle tante terre che l'ex brigadiere aveva viaggiato, delle varie battaglie a cui aveva preso parte e dei pericoli che aveva corso cadendo ferito in mezzo al combattere e fu esposto a cadere nelle mani dei meridionali.

Caro e sua madre hanno finito per svincolarsi dalla coppia. Il ragazzo aveva accennato all'idea di invitare a cena dalla madre il suo nuovo compagno, e la vecchia aveva trovato l'invito del tutto naturale.

E così Harry fu invitato alla semplice tavolata di famiglia e prolungò la sua convivenza con loro per diverse ore, che per lui furono un breve sogno.

Solo all'imbrunire, quando Caro indicò che era ora di tornare in caserma, si rese conto da quanto tempo era lì e quanto poco. Anche Cynthia doveva essere stata interrotta, anche se tutto il giorno non faceva quasi altro che chiacchierare con l'ex sergente.

L'addio è stato cordiale. Martha strinse la mano di Harry, supplicando:

«Ti prendi cura di mio figlio, signor Harry. Mi ispiri molta fiducia perché sembri un uomo molto seduto e Caro è un pazzo senza equilibrio. Dici che questa missione dovrebbe essere affidata a tuo fratello Bob, ma Bob ... Bob è solo un sergente Ranger. Tu mi capisci?

Harry la capiva. Voleva insinuare che imbevuto della sua laurea e del suo dovere, ha sacrificato tutto al suo compimento, dimenticando ogni sentimentalismo,

«Farò del mio meglio, signora. Caro ed io saremo uno e tutto ciò che appartiene all'uno apparterrà all'altro. Quanto a Bob, non giudicarlo così duramente. All'interno della disciplina ci sono tante sfumature e sotto un guerriero batte sempre un cuore dal quale non ci si può freddamente staccare.

L'addio di Cynthia è stato cordiale. Disse semplicemente, stringendogli la mano:

"È stato un piacere per noi conoscerti e spero che quando tornerai in servizio e avrai un po' di tempo libero, tornerai a trovarci. Qui sarete ricevuti con tutto il piacere e l'affetto.

"Grazie, Cynthia, ti prometto che ogni volta che ci sarà l'occasione verrò a trovarti e ti darò un resoconto delle nostre avventure. Spero che nel mezzo della loro eccitazione tutto vada bene e senza intoppi.

La coppia lasciò la capanna per tornare a El Paso, ma Harry si sentiva così attratto dalla casa dei Regg che, senza rendersene conto, ogni dieci passi, girava la testa, cercando nel portico la sagoma di Cynthia, che con un fazzoletto in mano li salutava.

Capitolo III

UNA MISSIONE PERICOLOSA

Il sergente Bob Reggs era stato rinchiuso nell'ufficio del capitano Walter per più di un'ora scambiando impressioni con lui. Il capitano aveva qualcosa di molto importante da far sapere al sergente ed entrambi avevano studiato il caso da ogni punto di vista.

Così quella notte, quando Caro e Harry tornarono in caserma,

Bob li chiamò entrambi, dicendo:

"Stiamo per parlare di qualcosa di molto importante. È giunto il momento di agire e di mettere alla prova le capacità di tutti.

Ascoltami bene, Harry. Secondo quanto riferito dal capitano, un noto ragazzo di nome Tymson Overman si trova a El Paso. È un vero rettile dalla pelle grassa capace di sfuggire alle mani più ruvide e fino ad ora è riuscito a non farsi toccare da nessuno, accusandolo di cose che sono nella mente di molti.

»Tymson ha operato molto in questa parte della zona internazionale, ma ha operato nell'ombra, coprendosi bene in modo che nessuno abbia un punto vulnerabile contro di lui; Tuttavia, è noto che tutte le sue visite a El Paso hanno coinciso con scandalosi contrabbando, furti di bestiame e altre rapine, ma poiché non opera di persona, fino ad ora nessuno è riuscito a coglierlo in una rassegnazione, o persino scoprire il legame che ha stabilito con gli elementi della sua presunta banda.

"Viene qui come un qualsiasi altro spacciatore, visita luoghi del vizio, gioca, spende i soldi, esce con le ragazze nelle bische e sembra che non faccia o debba fare altro nella sua vita.

Eppure queste visite hanno un obiettivo chiaro. È come un generale che, da una posizione di retroguardia sconosciuta al nemico, conduce una grande battaglia e usa qualcuno che, legandosi a lui, muove i battaglioni e finisce per vincere le battaglie.

"Sappiamo un bel po' di cose su di lui, abbastanza da fargli venire le vertigini se lo volessimo, ma questo non porta a nulla di pratico, perché dovevamo farlo rinchiudere e tutta la sua organizzazione lavorerebbe metodicamente rendendo inutile alzare la caccia.

"Tymson conosce tutti i ranger della Divisione, voglio dire tutti quelli che c'erano fino ad ora, ed è un fisionomista così bravo, che una faccia che ha visto solo una volta in divisa non sbiadisce.

»Ciò guasta ogni tentativo di sorveglianza vicino a lui, perché conoscendoli, sta molto attento a non fornire alcun indizio che possa portarci all'organizzazione della sua squadra e a sapere chi sono, quanti e come operano.

Ma ora che alcuni nuovi elementi sono stati ammessi nei nostri ranghi, il capitano ha capito che si può tentare uno spionaggio produttivo attorno a Tymson, mettendogli vicino un Ranger che gli è completamente sconosciuto e del quale non può sospettare nulla. E di comune accordo, abbiamo deciso di affidare a lui questa missione, che sarà distaccata da mio fratello in un doppio gioco nel caso sia necessario che intervenga.

»In linea di massima si tratta di visitare le bische che frequenta fino a quando non si trova e da quel momento in poi, avendo cura di controllare tutti i suoi passi, nonché il tipo di persone con cui ha a che fare, perché è indubbio che tra queste persone devono esserci gli elementi che vengono come collegamento con la banda e coloro che trasmettono i loro ordini in modo subdolo.

"Alla fine, devi diventare l'ombra di Tymson, fermo restando che Caro svolge altri compiti come monitorare e seguire le orme di coloro che, relazionandosi con lui, potrebbero essere sospettati di appartenere alla sua banda.

"Sospettiamo che la sua presenza a El Paso coinciderà con qualche operazione importante per trasferire armi o bestiame in Messico. Dall'altra parte della divisione, coloro che bramano di rovesciare l'imperatore stanno lavorando duramente per ottenerlo, e il loro principale bisogno sono armi e bestiame.

"Dalle ultime notizie che abbiamo ricevuto, sappiamo che approfittando del rumore della smobilitazione, sono stati rubati alcuni depositi di armi raccolti dai laureati e quelle armi, un giorno o l'altro devono andare ai rivoluzionari messicani se non lo facciamo impedirne la partenza.

E deve essere prevenuto per diversi motivi. Uno, perché sono armi della nazione che possono essere necessarie in qualsiasi momento; un altro, perché hanno un valore che scandalosamente ci rubano, e un altro, perché siamo accusati di favorire sfacciatamente la lotta civile affermando che le armi usate dai ribelli sono di nostra fabbricazione.

»Il governo ci sta molestando affinché a tutti i costi evitiamo questi contrabbando e saccheggi scoprendo i contrabbandieri e annientandoli, ma non è così facile come dovrebbe essere da una scrivania.

«Ora, presumiamo che ci venga offerta l'opportunità di coprire un po' la bocca dei poteri superiori interferendo con qualcosa di prezioso in quel senso e se con questo smantelliamo la banda di Tymson e li distruggiamo tutti, avremo vinto e meno persone contro quella di continuare a combattere.

"Tu, essendo un estraneo di quel tipo, puoi essere molto utile. Sei un uomo di guerra, ne conosci molti trucchi, e con un po' di fortuna, dato che hai il resto, potresti essere in grado di fare un buon servizio.

«Ho ordinato l'acquisto di un completo da cowboy con le misure che mostrava la sua divisa che gli darò. All'alba lascerai la caserma non vista e da quel momento in poi, a quanto pare, non avrai più niente a che fare con i ranger.

"Mio fratello agirà separatamente, anche se lo troverai in qualche posto che frequento. Non pregiudicheremo come devi svolgere il tuo lavoro, perché bloccherebbe le tue iniziative. A tua discrezione lasciamo la tua azione e il più modo efficace per comunicare qualsiasi notizia senza che tu lo sappia.

"Sarai uno dei tanti spacciatori che vagano per El Paso, senza nulla da fare. Finché non viene scoperto il loro collegamento con la Divisione.

»Tu, Caro, hai anche i tuoi abiti civili per muoverti senza divisa. Spero che nessuno ti riconosca visto che sei assente da tre anni e sarà molto raro che qualcuno ti associ a me.

"Sarebbe molto prezioso per entrambi se la loro esibizione fosse un successo. Anche qui vinci promozioni, come in guerra, Harry, e puoi indossare di nuovo i tuoi vecchi distintivi se li guadagni come ho fatto io esponendo molto, ma con successo.

«Penso che al momento non ho più niente da dirti. Tymson è conosciuto qui e i luoghi che frequenta di più sono La Alegría de El Paso e El As de Corazones, entrambi situati nella parte più centrale della città. Ti darò una descrizione del ragazzo e con questo e qualcosa di cui ha sentito parlare nelle bische, finirai per localizzarlo.

«Non posso mostrartelo perché solleverebbe dei sospetti e faresti meglio a credere che abbiamo troppo di cui preoccuparci e che ci è mancata la tua presenza.

Nulla gli importa se è costretto a spostarsi da qui su qualche indizio. Alla locanda dove hai soggiornato quando sei arrivato qui, c'è una stanza richiesta per te e troverai il tuo cavallo nelle scuderie. Se necessario, usalo a piacimento.

Harry, che aveva ascoltato attentamente le dichiarazioni del sergente, rispose:

"Penso che sarebbe conveniente per me cambiarmi subito e andare direttamente alla locanda. Qui, sembra, non ho niente da fare e prima mi stacco da questo, meglio è.

"A me va bene. Se vuoi", aggiunse rivolgendosi a Caro, "puoi andare a casa per la notte. Lasci lì l'uniforme e ti vesti in borghese.

"Lo farò, Bob.

«E io non dico loro niente. Ecco l'occasione per mostrare se sono nati o meno per i Rangers. Festeggerò che il test è definitivo per entrambi.

«Ci proveremo, sergente.

Caro lasciò la caserma per andare nella sua cabina dove avrebbe passato la notte e Harry si cambiò l'uniforme per i vestiti che il sergente gli aveva preparato e si preparò per iniziare la sua esibizione.

Bob, che intuì in lui un uomo tosto e determinato, gli diede un amichevole colpo sulla schiena e commentò:

"Harry, il mio più grande piacere sarà passare del tempo con te vedendoti indossare quei distintivi a cui hai dovuto rinunciare quando cambi Corpo. Guadagnateli e mi darai soddisfazione, perché non sono invidioso. Se sono andato a mano libera, perché non vorrei che gli altri salissero?

"Grazie, sergente. Farò ciò che è in mio potere e, se non salgo, almeno sono contenti della mia prestazione.

E lasciò la caserma per andare alla locanda.

Bob aveva avuto cura in sua assenza di affittare l'alloggio e di lasciare il cavallo nella stalla, quindi non ebbe difficoltà ad ambientarsi.

Una volta nella sua stanza, si sedette sul bordo del letto e rifletté sul modo migliore per svolgere la missione affidatagli.

Doveva guardare i passi di Tymson e tenerlo d'occhio. Potrebbe essere facile nel caso di un uomo saggio che sapeva qual era la posta in gioco con la sua attività esposta e che avrebbe vissuto con cento occhi aperti per non essere sorpreso?

Non lo vedeva molto praticabile, ma l'ordine era breve e doveva provare qualunque cosa fosse.

Ma all'improvviso ebbe un'idea. E se avesse cercato e trovato un modo per stabilire una relazione con Tymson e diventare parte della sua band? Per quegli affari molto esposti, erano necessari parecchi uomini, soprattutto quando si trattava di gettare i nascondigli nel fiume, perché i ranger erano molto vigili sul Grande e molte volte hanno dovuto affrontarli e attraversare il nascondiglio con la forza dei combattimenti , esponendo e persino perdendo uomini. . Non sarebbe stato facile, ma se fosse stata abbastanza fortunata da essere coinvolta con Tymson, potrebbe farlo.

E ha deciso di non lasciare fino al giorno successivo quello che avrebbe potuto fare quella notte. Girava per le bische e prendeva accordi per localizzare la persona del contrabbandiere.

I segni che il sergente gli aveva dato erano un orientamento. Tymson era un uomo sulla quarantina, alto, di carne media, bruno, con dei baffetti molto curati, i capelli ricci, e per colpa sua e della sua pelle sembrava mostrare sangue messicano. Come miglior dettaglio di identificazione, dovrebbe guardare il lobo dell'orecchio sinistro che ha avuto un morso.

Credeva che con questi dettagli non avrebbe avuto bisogno di fare domande o essere titubante. Quella cicatrice era la migliore identificazione del contrabbandiere. E scese in strada pronto a fare il giro delle bische.

A La Alegría de El Paso non scoprì nessuno che avesse qualche somiglianza con Tymson e lasciando questo luogo si diresse a El Ace de Corazones.

Era un posto migliore, l'animazione era fantastica e il rumore era fragoroso.

E siccome neanche lei aveva scoperto il suo uomo, decise di perdere tempo nel caso apparisse.

Era stato forgiato un piano embrionale e lui avrebbe cercato di seguirlo per quanto le circostanze lo consentivano, così si sedette a un tavolo vuoto vicino a un posto dove quattro ragazzi dall'aspetto indesiderabile stavano giocando a poker e ordinò un modesto bicchiere di brandy.

Il cameriere lo guardò. Clienti così miserabili non sembravano essere molto affezionati al locale, ma dovette rassegnarsi e servirlo.

Harry non aveva intenzione di berlo. Lo posò sul ripiano del tavolo e si mise a tenere d'occhio la porta d'ingresso, seguendo con vivo interesse tutti quelli che facevano la loro comparsa nella stanza.

Era passata più di un'ora e stava cominciando a sospettare che gli mancasse un buon sonno, quando sbatté la porta avanti e indietro e apparve un ragazzo che a prima vista sembrava corrispondere alla descrizione che gli avevano dato del contrabbandiere.

Si irrigidì fissando la sua attenzione su di lui. Finché non riusciva a vedere il suo orecchio, non poteva essere sicura che fosse l'uomo a cui era interessata.

Ma intanto lo esaminava con curiosità. Se non era messicano, gli assomigliava molto e molto di più, perché a quel tempo era vestito come un tipico nativo di Sonora.

Bravo ragazzo, bello, spensierato nel camminare, con il gesto di un uomo che sa di essere duro e sicuro di sé, camminava eretto e sfidante. Il suo scheletro ben formato esaltava gli abiti di buona stoffa e di taglio migliore, e non sorprendeva che attirasse l'attenzione ovunque passasse.

Indossava un completo di velluto nero molto lucido. I pantaloni svasati dalle gambe, il bolero corto e attillato, la camicia bianca miliardaria, la fusciacca scarlatta, le scarpe strette con il tacco alto e in testa il classico cappello molto alto e appuntito con le enormi ali leggermente rialzate. .

Doveva essere ben noto. Diversi lo salutarono mentre passava e uno gridò:

Ciao, Tymson, qual è la tua vita?

"Ciao manito" rispose allegramente "; ero proprio a Santa Fe per risolvere alcuni affari e sono venuto a fare una passeggiata qui per non dimenticare questo. Vedo che El Paso è molto vivace.

"Come sempre, Tymson, soprattutto per chi porta once messicane da spendere.

"Quelli non mancano mai, compadrito, da quelle parti gli affari vanno bene. Questo è quello che sembra non andare molto bene da quello che mi dicono.

"La guerra ha rovinato tutto, ma la gente comincia a voler lavorare. Dopo un anno, le cose torneranno al loro corso normale.

"Allora, dopo un anno si tratterà di tornare qui, non credi?

"E adesso quello?

"Da quando sono qui, mi divertirò per qualche giorno e poi tornerò nel New Mexico, anche se forse andrò a sud per vedere come ci sono i ranch. Ho un'offerta di grandi lotti di corna da vendere e potrebbero essere interessati qui.

Si separò da colui che gli aveva impedito di fare quelle domande e avanzò verso il fondo. Qualcuno lo chiamava da un tavolo vicino a quello di Harry ed Harry era contento, perché così lo avrebbe visto più vicino, visto che avrebbe dovuto passare tra il suo tavolo e quello accanto.

Quello che lo ha chiamato aveva una specie di allevatore. In seguito ha appreso che lo era e che a volte aveva scambiato con Tymson vendendogli corna.

Tymson si avvicinò al tavolo occupato dall'allevatore e, come Harry aveva calcolato, il percorso più rettilineo doveva passare tra il suo tavolo e quello accanto. Con tutti i suoi sensi attenti attese che il presunto messicano attraversasse lo stretto passaggio e quando lo fece, spostò un po' il tavolo. Tymson inciampò sul bordo e il bicchiere di brandy perse l'equilibrio e si rovesciò, rovesciando il liquido.

Ma Harry non ha messo il teatro aggressivo nella protesta, ma, in tono lamentoso, ha esclamato:

"Mi hai fregato, amico. Cosa bevo adesso se ho solo venti centesimi da pagare per quello che ho versato?

Tymson si voltò e con un sorriso esclamò:

"Mi dispiace, cowboy, ma non avere fretta, non rimarrai senza bere. Ecco, per portarmi la salute "e gettò un'oncia d'oro sul tavolo.

Harry finse di guardarla avidamente e gridò:

"Un'oncia! Avevo dimenticato il colore dell'oro. Beato te che puoi permetterti di darli generosamente quando alcuni di noi venderebbero le nostre anime al diavolo per conquistarne una manciata,

Tymson fermò la sua avanzata e, guardando Harry, esclamò:

Sei un cowboy?

"Lo era, ora non so più cosa diavolo sono. Ho combattuto tre anni nell'esercito; masticate stupidamente piombo e poi, quando non ne avrete più bisogno, eccolo lì; componili come puoi, che non mi servi più.

Lo disse con un accento di rabbia concentrata e Tymson, facendo l'intenzione di ritirarsi, commentò:

"Non disperare, cowboy, forse il lavoro di cui hai bisogno arriverà per guadagnare quello che vuoi. Bevi e non essere pessimista "e continuò fino a quando non si unì a colui che lo aveva salutato.

Harry pensò di cogliere in quelle frasi un vago avvertimento di qualcosa che poteva essergli proposto e decise di non muoversi dal tavolo. Chiamò il cameriere e mostrandogli l'oncia, ordinò:

"Un whisky dei migliori! Voglio brindare alla salute di quel messicano rumoroso.

Il cameriere obbedì all'ordine e poco dopo presentò il whisky che Harry stava assaporando con gioia.

Intimamente si sentiva euforico. Era venuto a conoscenza di Tymson che era già qualcosa, ma questo poteva avere i suoi pro e i suoi contro. Se non fosse stato interessato alla sua persona, quello che avrebbe fatto lei sarebbe stato rivelarsi a lui e sarebbe stato molto difficile per lui potersi attaccare al suo corpo come un'ombra per spiare i suoi movimenti.

Se, al contrario, poteva essere interessato, allora... a un certo punto sarebbe stato cercato invece di doverlo cercare.

E se fosse stato così fortunato, avrebbe iniziato a eseguire con successo le istruzioni del suo capo. Gli piaceva il pericolo per il piacere di evitarlo e assaporarlo, anche se poi la fine era qualcosa di incerto che poteva o non poteva superare, a seconda dei casi.

Tymson ha parlato per un po' con l'allevatore, poi gli ha salutato la mano e ha deciso di andare nella sala giochi. Quando si alzò per andare in soggiorno, lanciò un'occhiata a Harry, che alzò il bicchiere per dargli da bere e il contrabbandiere lo salutò con un espressivo gesto della mano.

Harry decise di aspettare. Avrebbe potuto stupidamente sprecare qualche ora della notte, ma un Ranger in servizio non aveva tempo tutto suo. Qualunque cosa il suo lavoro richiedesse, doveva dargliela, anche se per essa doveva resistere giorni e notti finché non cadeva esausto per lo sforzo.

Capitolo IV

TRA PILLOS CAMMINA IL GIOCO

Era seduto da solo da più di un'ora con il bicchiere mezzo consumato, quando davanti a lui apparve una figura che non riusciva a individuare da dove provenisse. Parlava di un ragazzo sulla trentina, alto, ben costruito, molto scuro e che indossava un vestito simile al suo. L'apparizione si avvicinò al tavolo e salutò dicendo:

"Sei annoiato, cowboy?

"Un po.

"Vuoi essere distratto giocando a dadi?

"Grazie, ma sono a corto di soldi.

"Diavolo, vedo l'oro sul tavolo!

"Questa oncia mi è stata appena data e deve durare finché il diavolo non mi porta con sé o trova un lavoro. Non posso giocare un centesimo su di lei.

Senza sapere perché, Harry intuì che la presenza dello sconosciuto non fosse qualcosa di accidentale e spontaneo, ma un incontro preconcetto e si chiese se il suo piano si fosse realizzato e che questo ragazzo avesse qualche misterioso legame con Tymson.

Il suo interlocutore sembrava non essere convinto e correndo un posto si sedette accanto a lui dicendo:

"Questa è un'altra storia, cowboy. Le cose vanno davvero male da queste parti e non riesci a trovare facilmente un lavoro. La questione del bestiame è stata frantumata.

"Bestiame e apparentemente tutto. Mi sono fatto illusioni quando mi hanno dato la patente credendo che adesso ci sarebbero volute tante pedine e ho scoperto che ci sono rimasti tutti noi. Il panorama è bello e piacevole.

"In effetti, non è così facile risolvere il ballottaggio.

"Ma devi risolverlo. Sono venuto a El Paso pronto a risolvere la questione. Se non trovo qualcosa presto, attraverserò il fiume e marcerò dall'altra parte dello spartiacque.

Mi è stato detto che i sostenitori di Juárez hanno bisogno di uomini coraggiosi e li pagano bene. Se il diavolo ti prende, lascia che ti porti in un calesse.

"Lo faresti, cowboy?

"Perché no? Quando un uomo cerca lavoro e non riesce a trovarlo, quando ha bisogno di mangiare e dormire e non ha soldi per farlo, deve cercarlo da qualche parte e in qualche modo. Non si vive di aria e se il governo non è in grado di assicurare la vita di quelli di noi che l'hanno smascherato attraverso di esso, che vada all'inferno.

L'intruso, dopo aver lasciato sfogare Harry, esclamò;

"Conosci bene il tuo mestiere?

"Ehi, sono il più cowboy e lo dimostro per terra.

"Per coraggio, come stai?

"Il certificato è sul mio corpo con tre cicatrici di altrettante iniezioni ricevute.

"Stando così le cose, potrebbe non essere difficile per te trovare un lavoro.

"Dove e come?

"Qui a El Paso.

"Dimmi chi può fornirlo, che ti sto cercando. Quando finirò questa oncia dovrò prendere i soldi da dove esistono.

"Per te da qualche parte?

"Sì. Ho pagato la locanda per tre giorni in Plaza Vieja.

"Bene, aspetta lì un mio messaggio, ti troverò e ti fornirò il lavoro.

"Quando?

"Non ci è voluto molto.

"Questo è molto elastico. Posso passare tre giorni con questo e la cena pagata; ma no, e se li perdo, cosa faccio dopo?

"Non perderai nulla perché verrai pagato da domani, anche se ci vorranno pochi giorni per iniziare a lavorare.

"Chi me lo garantisce?

"Me.

"E tu chi diavolo sei? Non lo conosco e potrebbe essere uno scherzo. No, amico, non posso giocare con il tempo.

Lo sconosciuto prese un'altra oncia dalla tasca e la posò sul tavolo, dicendo:

"Pensi che questo garantisca un'attesa di tre giorni?

"Questo sta già parlando in oro. Posso aspettare quei tre giorni.

"Quindi non parlare più. A tempo debito andrò a cercarlo.

"Non posso saperne di più? Per lavorare devi sapere quanto guadagnerai almeno.

"Molto più di quanto gli darebbero in un'altra squadra.

"Beh, lo vedo molto enigmatico.

"Quando arriverà il momento di entrare a far parte della squadra ti darò maggiori dettagli. Hai un grammo di anticipo e la promessa di uno stipendio migliore, poco?

"Beh, perdonami se sono sospettoso, ma la mia situazione è oscura. Avevo i miei progetti se non trovavo lavoro e li rimandavo.

"Non perderai nulla. Finché non vado a cercarlo.

Lo salutò e scomparve dalla canna.

Harry non osò muoversi nel caso in cui tutto si fosse rovinato, ma il buon senso gli disse che questo ragazzo era un elemento al servizio di Tymson. Deve averle detto di avvicinarsi a lui ed è per questo che si era rivolta direttamente a lui.

E se così fosse, intuì che stava per entrare nella bocca del lupo. Adesso l'importante era riuscire a comunicare la notizia a Bob o al capitano, ma lui doveva muoversi con i piedi di piombo. Forse in quei tre giorni che furono presi per disporre dei suoi servigi fu molto vigile e non poté rovinare ciò che il caso lo aveva fatto vincere.

Si ritirò alla locanda e lì rifletté su come avvertire Bob. Non poteva recarsi in caserma o contattare un ranger per ogni evenienza, e quanto a scrivere, si sapeva che aveva inviato una lettera alla Divisione.

E dopo aver riflettuto a lungo, ha pensato di aver trovato la soluzione. Avrebbe scritto una lettera a Cynthia in modo che potesse poi consegnarla a suo fratello. Scrivere a una donna non è stato per nulla eclatante, a meno che non siano state indagate molte cose fino ad accertare il rapporto che la ragazza aveva con il maresciallo.

Scritta la lettera, la ripose e la mattina dopo chiese allo stalliere:

Come potrei mettere una lettera nelle mani di una ragazza? Mi piace la ragazza, sai, ma non sono molto facile con le parole per dire quello che voglio e ... con la penna è più sciolto. Poi, dopo aver conosciuto bene i miei sentimenti... le cose sono più facili.

"Ho capito, cowboy, la ragazza è di qui?

«Ha una capanna mezzo miglio a est.

"Per vedere la lettera?

Quando ha letto il nome, ha risposto:

"Immagino di cosa si tratta. Vivo con mia madre a quell'indirizzo e quando lascia il servizio questo pomeriggio posso consegnarla.

"Grazie mille amico. Ecco, per il disturbo "e gli porse un dollaro.

Doveva confidare nella buona volontà del cameriere perché la lettera arrivasse a destinazione.

La lettera arrivò e Cynthia, sorpresa, strappò la busta. Dentro c'era un foglio a quattro facciate e un biglietto. La nota diceva:

"Signora Cynthia: Mi dispiace disturbarla, ma la questione è molto delicata e devo farlo. Non conosco nessun'altra procedura per far arrivare questa importante lettera nelle mani di tuo fratello Bob, e la affido a te. è estremamente importante che nessuno sappia che mi associo ai ranger. Per favore, portalo a Bob il prima possibile.

Molto grato, Harry.

La giovane donna, incuriosita, lesse il foglio e rabbrividì. Dal contenuto intuì che l'ex sergente era stato incaricato di una missione non solo difficile, ma anche molto pericolosa, poiché non prevedeva altro che intrufolarsi in una banda di contrabbandieri e Harry, a quanto pare, ci era riuscito.

Senza perdere tempo, si rivolse a sua madre, dicendo:

"Mamma, vado al villaggio.

"A cosa, figlia mia?

«Ho una lettera di Harry, il socio di Caro, da consegnare a Bob.

"E perché manda te e non lui?

"Per molte ragioni, mamma, è una questione di servizio. Te lo spiego.

E senza perdere tempo si è diretto a El Paso alla ricerca del fratello.

Bob era in caserma. Quando annunciò la presenza di sua sorella, si sentì nervoso.

"Cosa stai venendo per? Ha chiesto, uscendo per incontrarla.

"Ti porto questo. È di Harry e me l'ha mandato.

Il sergente prese la lettera, incuriosito, e non appena iniziò a leggerla, i suoi occhi brillarono ferocemente.

"Va bene, Cynthia, puoi tornare... Ah, se vieni di più portali senza perdere un minuto.

"Bob, cosa proverà quell'uomo?

"Una cosa molto logica e molto ambiziosa, Cynthia. Recupera le tue strisce da sergente qui nei ranger. Vai e non entrare in cose che non conosci.

E la congedò con la sua stessa bruschezza.

"Si è immediatamente presentato all'ufficio del capitano.

"Cosa c'è, Bob? chiese Walter.

"Penso di avere buone notizie, mio capitano.

"Riguardante cosa.

«A Tymson e alla sua banda.

"Diavolo! Presto?

"Hai ragione. La sua raccomandata non ha perso tempo e non posso spiegare come sia riuscito a fare qualcosa che può essere molto utile. Vedi questa lettera che hai inviato a mia sorella per darmela. Sei stato attento a non inviarla qui in attesa Leggi, ciò che conta è molto gustoso.

In effetti, Harry stava raccontando brevemente il suo incidente con Tymson e poi il suo colloquio con lo sconosciuto. Secondo lui doveva essere stato mandato dal contrabbandiere ad assumerlo incoraggiato da quello che gli aveva sentito dire sul suo futuro lavoro. Credeva che fosse disperatamente determinato a fare qualsiasi cosa per guadagnare denaro e sicuramente si era preso quei tre giorni per vegliare su di lui ed essere sicuro che fosse completamente isolato e non avesse comunicazioni con nessuno.

Alla fine della lettera, ha aggiunto:

"Non scrivermi, né visitarmi, né fare nulla per avvicinarmi a me, ma guarda come vigilare i miei passi e quelli dell'uomo che verrà a cercarmi. Sono determinato ad andare dove vogliono portarmi e prendere parte a ciò che cercano di servire da esca. Poiché non potrò fare di più, sta a te seguire le mie tracce e il resto sarà ciò che il destino ha disposto.

Walter, dopo aver letto la lettera, esclamò:

"Penso come Harry che ci sia una connessione tra Tymson e il ragazzo che gli si è avvicinato offrendogli un lavoro.

"Se è così, quell'uomo non ha perso tempo e ha realizzato qualcosa che può essere molto utile. Mi sembra un ragazzo coraggioso e pronto a partire.

"Mi sembra, la domanda ora è vedere come è organizzata la trappola per coinvolgere tutti coloro che ruotano attorno a quel problema. Capisco quello che sta dicendo Harry; Sarebbe molto rischioso per lui provare a comunicare con noi e siamo noi che dobbiamo stare attenti a non perdere l'esca. Se quell'uomo non se ne pente e finisce per portarlo via, sarà per metterlo nella banda e se li perdiamo di vista, si ritroverà isolato e in balia di tanti pericoli e di una situazione falsa che sarà molto difficile per lui da superare. Bisogna studiare con molta attenzione come si andranno a fare le cose, affinché quel filo o quelli che ne potranno derivare in seguito non si spezzino.

"Esatto capitano, e la cosa brutta è che non siamo noi a poter seguire la pista perché ci conoscerebbero subito. Questa missione di spionaggio deve essere affidata a uomini nuovi e finora sconosciuti del Corpo, e dei pochi che ci sono, non ho motivo di riporre molta fiducia nella loro sagacia e discrezione. Ho mio fratello che insegnerò bene e che spero non mi deluda, ma degli altri tre o quattro nuovi non so che capacità avranno per queste cose. Non basta essere coraggiosi e avventati, anche se lo sono, perché quelle virtù devono manifestarsi all'ultimo minuto. Al momento, mentre le cose si presentano, devi avere un uomo dedicato a seguire le orme di Tymson e un altro a seguire colui che ha ingaggiato Harry, una volta identificato. Più tardi, non

"Dovremo accontentarci di quello che abbiamo. Incarica uno di quelli di seguire Tymson e metti suo fratello alla ricerca della locanda per quando andranno a cercare Harry. Quindi, in base a ciò che scoprono, procederemo.

"Faremo del nostro meglio, mio capitano. Questo caso non è il volgare caso di inseguire una banda di ladri di bestiame o contrabbandieri, perché la banda è sconosciuta. Se si trattasse solo di incontrarli, ho molti uomini di cuore per farlo.

"Prendo il comando, ma in qualche modo devi rintracciarli. Lo lascio nelle vostre mani e confido che andrà tutto bene. Quello di cui mi pentirò è che quest'uomo si ritrovi bloccato in un pozzo senza fondo dal quale non è facile per lui uscire. Se, come dice lui, è disposto ad andare fino in fondo, temo che se individuiamo la banda e li tagliamo fuori, il premio per lui potrebbe essere una pallottola dei suoi stessi compagni.

"Non lo so, un uomo delle sue qualità trova sempre le risorse per evitare il pericolo, ma se non lo è, nell'albo d'onore della Divisione ci sono alcuni nomi di eroi gloriosamente caduti in atti di servizio. Il suo nome sarebbe uno in più nella scatola.

«Lo preferisco vivo, Bob. Quelli che valgono di più sono quelli che dovremmo perdere di meno.

"Ma senza il suo sacrificio non lo so.

"Avrebbero potuto svolgere servizi più preziosi. Chi indossa questa divisa sa a cosa è esposto e se l'accetta è perché è nato da ranger.

Bob si separò dal capitano con grande preoccupazione. La faccenda era estremamente delicata e lui avrebbe avuto una grande responsabilità per il suo successo o fallimento.

E ciò che lo faceva infuriare di più era non poter agire di persona. Non si fidava di nessuno come si fidava di se stesso e avrebbe rinunciato ai distintivi per guadagnarseli di nuovo fintanto che avesse avuto la libertà di movimento per poter supportare Harry.

Ma avrebbe dovuto accontentarsi di affidare questa missione a suo fratello. Aveva un sapore coraggioso e determinato, ma era molto sospettoso del suo portamento. Era troppo giovane e impulsivo, e temeva di non avere la freddezza necessaria per non commettere irruzioni che avrebbero potuto rovinare tutto ciò che si era guadagnato.

Dovette andare nella sua cabina a cercarlo poiché era stato convenuto che non si sarebbe presentato in caserma. Caro aveva già saputo da Cynthia delle attività di Harry ed era ansiosa di entrare in azione.

Bob gli stava facendo una seria recensione per instillare in lui che doveva procedere con misura e non lasciarsi trasportare da impulsi insensati o atti presuntuosi che potevano essere dannosi per tutti. Doveva tenere a mente che il nemico avrebbe avuto un ostaggio molto prezioso nelle sue mani e che la vita di questo ostaggio doveva essere curata al limite.

E dopo queste raccomandazioni, gli ha affidato la missione di monitorare Harry fino a quando non lo ha visto contattare qualcuno. Quindi, avrebbe abbandonato il suo partner per diventare l'ombra dell'altro.

Per tenere d'occhio Tymson, scelse tra i tre nuovi elementi arruolati quello che sembrava il più smalizzato e dopo avergli impartito innumerevoli istruzioni, gli ordinò di localizzare il contrabbandiere e monitorarne i movimenti e, soprattutto, di prendere nota del persone con cui si relazionava.

Harry aspettò dopo quella strana conversazione con lo sconosciuto. Fedele alla sua promessa, ha solo aspettato e la sua vita non potrebbe essere più monotona. Si alzava tardi, passeggiava per la città, faceva visite notturne al locale, limitandosi a bere un solo modestissimo drink, e non aveva scambiato conversazione o parola con nessuno.

Se questo era ciò che volevano verificare, dovevano essere soddisfatti del loro comportamento, perché non poteva esistere un senso di isolamento maggiore del loro.

Più volte aveva scoperto che Caro faceva la guardia alla locanda o lo seguiva a distanza, ma non una smorfia, non un saluto subdolo, o qualsiasi cosa che potesse essere catturata da occhi a lui non familiari. Caro non esisteva, anche se sapeva che era diventato la sua ombra.

La terza notte, dopo la sua visita alla bisca, tornò alla loggia e quando vi raggiunse e aprì la porta della sua camera da letto, trovò seduto sul letto l'individuo con cui aveva avuto a che fare tre notti prima. Harry lo guardò stupito e chiese:

Cosa diavolo stai facendo qui?

"Vedi, ti sto aspettando.

"E come sei entrato?

"Ho chiesto un alloggio e mi hanno dato la stanza attigua. Poiché le chiavi sono apparentemente a serratura singola, non è stato difficile per me aprirlo e aspettarlo tranquillamente.

"Molto buono e...

Fissò la sua piccola valigia. Ha mostrato segni di essere stato aperto e per un momento è stato teso, ma è stato rapidamente rifatto. In previsione di tutte le contingenze in lei non c'era assolutamente nulla che potesse comprometterlo.

Cosa stavi per dire?

"Che se l'eventuale contratto di lavoro prevede anche la libertà di perquisire il mio bagaglio.

«È possibile, amico Harry.

Lo guardò fingendo diffidenza.

"Ehi, non ricordo di averti detto il mio nome o che tu abbia detto il tuo.

"Non importa. conoscevo il suo; il mio lo saprà in tempo.

"Questo mi sembra troppo un mistero.

"Ti convincerò che questo mistero non esiste. Ho bisogno di pochi uomini abili nel loro mestiere, sobri, desiderosi di guadagnare denaro nel modo più rapido, ma con garanzie che la loro gente non ha nulla a che fare con elementi che non ci interessano affatto. È qui che entra in gioco la registrazione del tuo bagaglio.

"Cosa mi aspettavo di trovare in lui, forse un drago dalle cento teste?

"Qualcosa di simile, ma ora che so che non lo ha rinchiuso, le cose variano.

»Il lavoro che faremo è molto redditizio, paghiamo molto bene coloro che vi prendono parte, ma poiché è qualcosa che non piace a certi elementi e ci hanno ficcato il naso, dobbiamo prendere severi precauzioni.

"Hmm! Contrabbando forse?

"Perché pensi che sia così?

"Se non fossimo a El Paso, se solo il fiume ci separasse dal Messico e se non sapessi che armi e bestiame pagano bene lì, non lo penserei.

"In effetti, è di questo che si tratta. La scorta è importante, abbiamo bisogno di più persone di quelle che abbiamo ed è stato necessario cercare a lungo qualche uomo in più che ci aiutasse e sui quali otteniamo le massime garanzie personali.

"Una volta stavamo per aggiungere un Ranger ai nostri ranghi. La cosa era molto ben congegnata, ma ci disprezzava troppo ed era la sua rovina. Si era concesso il lusso di nascondere il suo distintivo Ranger nella sua valigia, e dovettero seppellirlo con esso.

Harry dovette fare uno sforzo tremendo per apparire indifferente. Anche lui conservava il piatto della frusta, ma aveva avuto cura di cucirlo sotto la fodera del panciotto per non essere visto.

E abbozzando uno strano sorriso, chiese:

"Quindi... quello che stavo cercando era una di quelle targhe.

"Questo o qualcosa che non mi piaceva prima di chiudere l'affare. Ora posso dirti alcune cose che non ti avrei detto prima.

"Sei stato spiato in questi tre giorni e non hai fatto un passo che ci fosse sconosciuto. Siccome abbiamo verificato che non hai rapporti con nessuno, che sei completamente solo e non nascondi nulla che possa nuocere a noi, il test è stato per te felice e ora possiamo parlare senza riserve.

"Il lavoro che ti ho offerto è ancora in piedi. Si tratta di far passare dall'altra parte del fiume un importante deposito di armi per i rivoluzionari messicani. Siccome è una cosa che pagano bene, il capo paga bene i suoi uomini, quindi, tu guadagnerai in meno di due settimane in più rispetto a quando lavorassi un anno in un ranch.

"Beh, l'offerta è allettante, ma per quanto riguarda il pericolo?

"Il pericolo è relativo. Abbiamo superato molti nascondigli e anche grandi mandrie senza imbatterci nei ranger. Anche loro li teniamo sotto sorveglianza e ci occupiamo di controllare i loro movimenti. Questa è una lotta nell'ombra in cui cerchiamo di prenderci in giro l'un l'altro ea volte prendiamo in giro loro e altre volte hanno un po' di fortuna e ci trovano.

"Ma anche così, molte volte non è di grande utilità per loro perché siamo ben armati, ben preparati e con abbastanza persone per impedirci di essere scoperti. Più di una volta ci siamo scontrati con loro e li abbiamo tenuti a bada in un luogo, mentre in un altro attraversava il nascondiglio.

"E' vero che a volte qualcuno è caduto da entrambe le parti, ma questa è una scommessa che si compensa con il compenso.

»Ciò che si prepara è molto importante e va ben custodito e ben difeso. Inizialmente, il capo ha assegnato mille dollari a ogni uomo che aiuta il nascondiglio ad attraversare il fiume e in seguito, se arriva intatto, ci sarà un premio in base all'utilità che viene prelevata dalla spedizione. In seguito, se le cose vanno bene e gli fa comodo continuare con noi, addebiterà cento dollari al mese e una percentuale delle nuove cache che passano o dei bundle che ci arrivano. Altrimenti, una volta dall'altra parte del divario, il tuo impegno può scadere e con quei soldi puoi andare dove vuoi, perché noi ci dissolveremo per cancellare la traccia e ci ricongiungeremo dove e quando conviene.

»Volevi andare dai messicani per unirti alla loro parte e salvare la tua buca. Non verresti pagato tanto o meno esposto rispetto a noi.

«Be', vedo che sei ben informato sui miei pensieri. Non nego che sia stata una mia idea, ma l'ha resa subordinata al trovare o non trovare lavoro. Certo, ora non vedo il lavoro in prospettiva e tra andare in Messico o accettare quello che mi propone, la scelta non è dubbia: mi interessa di più questo.

«In tal caso lo lascio dormire qualche ora perché all'alba lo chiamerò per venire con me.

"Lontano?

"Lo saprai già.

"Lo dico nel caso dovessi prendere il cavallo o lasciarlo qui.

"Hai bisogno del cavallo quanto del tuo revolver.

"In tal caso, sono pronto a partire.

"Beh, visto che è tardi, vai a letto. Ti chiamerò.

Il contrabbandiere stava per andarsene. Harry lo fermò, dicendo:

"Posso ora sapere come devo chiamarti?

"Sì, mi chiamo Morley.

"Beh, niente di più; fino al mattino presto, Morley.

Quando Harry fu solo, si sedette a sua volta sul bordo del letto e si abbandonò a pensieri profondi. Il suo piano aveva funzionato bene e sapeva di essere completamente coinvolto nella banda di Tymson, ma con ciò non aveva avanzato quasi nulla.

Da quel momento in poi sarebbe stato imprigionato nelle reti di quei duri che non perdonavano la minima traccia di tradimento. Morley aveva cinicamente confessato che il ranger che fingeva una mossa come la sua era stato sepolto con il suo distintivo e questo lo avvertiva del pericolo che avrebbe potuto correre una volta legato alle maglie di quella rete oscura.

Ma si chiese se avesse risolto qualcosa correndo questa drammatica avventura. Apparentemente, tutto è stato fatto di sorpresa e rapidamente. Lo avevano osservato per tre giorni come aveva temuto, e sebbene Caro si fosse sforzato di seguire le sue orme, nulla era stato scoperto.

Adesso non sapeva neanche una parola di quello che stava succedendo, perché Morley era stato attento ad avvicinarlo nella sua camera da letto senza che nessuno lo vedesse o indovinasse i suoi rapporti con lui.

E sarebbero partiti all'alba. Se, come era logico in quel momento, Caro non si aggirasse intorno alla locanda, sparirebbero da El Paso senza lasciare traccia e si ritroverebbe completamente scollegato dalla Divisione.

Cosa potresti fare da solo e senza aiuto? Come avrebbero potuto trovare la pista se fossero scomparsi come fumo? Non c'era spazio per lui per lasciare un messaggio per far loro conoscere il suo destino, perché Morley era stato molto attento a non scoprirlo.

Per Harry era un problema che non sapeva come risolvere. Per un attimo stava per lasciare la locanda in silenzio, correre in caserma e dare un resoconto di ciò che stava accadendo, ma cosa poteva prevedere? Morley sarebbe stato arrestato o no, ma questo sicuramente non sarebbe arrivato dove il capitano voleva andare, che era avere l'intero equipaggio nelle sue mani, per poter stabilire la responsabilità di cui Tymson era responsabile e cosa era ancora più importante , per sapere dov'era la scorta per poter intervenire.

Non poteva farlo. Doveva lasciarsi trasportare dalla corrente come naufraghi e lasciarsi trasportare alla spiaggia salvifica o schiantarlo contro gli scogli.

Tutto quello a cui riusciva a pensare era scrivere una lettera che raccontasse la situazione e metterla nelle mani di Cynthia come quella sopra, ma non era facile, perché Morley poteva essere in agguato fino all'ultimo momento.

Eppure era l'unica cosa praticabile, e doveva farlo. Dopo aver riflettuto a lungo, prese una decisione. Si spogliò, spense la luce e andò a letto.

Ma non si addormentò e così lasciò passare più di due ore. La notte era limpida e dalla finestra splendeva un chiaro di luna.

A più delle tre si alzò in silenzio, cercò un pezzo di carta e una busta, e in silenzio, al chiaro di luna, scrisse la lettera con un pezzo di matita. Poi lo sigillò nella busta e ci scrisse sopra l'indirizzo.

Nascose la busta sotto la testiera con una nota che diceva:

"Dato che devi partire inaspettatamente, per favore spedisci questa lettera alla tua destinazione."

E con essa ha lasciato tre dollari per il volontario che voleva esaudire la richiesta.

Se la lettera fosse finita nelle mani di Cynthia, Bob avrebbe saputo tutto quello che era successo, e cosa poteva o non poteva fare dopo, dipendeva da lui.

Finì per addormentarsi ed era nel sonno migliore quando una mano lo strinse, dicendo:

Dai, Harry, è ora.

L'ex sergente si gettò dal letto, vestito quasi addormentato, e in cinque minuti era pronto. Morley non lo lasciò un attimo e lo accompagnò alla stalla in cerca del cavallo.

E stava cominciando l'alba quando entrambi lasciarono El Paso diretti a nord-est.

Come Harry aveva sospettato, nessuno stava guardando la locanda a quell'ora. Non potevano sospettare che, così all'improvviso, senza alcun margine per supporre il ranger in contatto con i contrabbandieri, lo avrebbero portato via già a quelle ore.

La prima notizia è arrivata per caso. Il cameriere addetto alle pulizie della stanza del ranger ha scoperto la lettera, la banconota ei tre dollari e ha capito che doveva guadagnarseli onestamente consegnando la lettera.

Quando Cynthia lo ricevette, chiese al cameriere:

"Ti hanno detto qualcosa quando te l'hanno consegnato?

"Niente, l'ospite è partito all'alba con un collega e l'ha lasciato sotto la testiera. Se n'è andato senza lasciare segno.

Cynthia sentì un brivido in tutto il corpo. Sapeva da Caro la missione che aveva e intuì che l'ex sergente era stato costretto a partire senza poter fornire maggiori dettagli di quelli contenuti nella lettera.

Corse in fretta al villaggio in cerca di Bob. Caro era partita molto presto e doveva aver compiuto la sua missione.

Quando il sergente ricevette la lettera e ne lesse il contenuto, le imprecazioni dovevano essere state udite dall'altra parte del fiume. Non avevano contato su quell'abilità indesiderabile e avevano scelto un momento in cui nessuno avrebbe potuto sospettare che l'incidente sarebbe accaduto.

Infuriato, cercò il capitano per dargli un resoconto della missiva. Harry spiegò brevemente cosa era successo e testimoniò su ciò che era già stato ipotizzato. Che lo avevano cercato per ordine di Tymson e che lo avevano portato a unirsi alla squadra smantellando ogni contatto con i suoi compagni.

Ma ha lasciato alcune informazioni utili. Si stava organizzando un contrabbando di armi su larga scala e un giorno o l'altro avrebbero cercato di farlo attraversare il fiume sulla strada per il Messico.

In mancanza di meglio, fu imposta un'estrema vigilanza non solo lungo il fiume, ma anche nel paesaggio nelle zone desertiche e, soprattutto, nella parte del New Mexico divide, dove da Las Cruces o qualche altra città a nord , potevano attraversare il fiume e poi scendere in Messico, lasciando in basso El Paso.

Walter era molto turbato dalla notizia. Per Harry tutti i complimenti, perché l'ex brigadiere stava eccedendo nella linea del dovere e stava fornendo quanti più dettagli possibili, ma il suo sforzo nel rompere il legame con lui poteva non solo essere nullo, ma creare uno stato di pericolo da cui è stato molto difficile per lui uscirne.

Furioso, ordinò:

"Bob, non devi assolutamente perdere di vista Tymson. È l'unico filo che abbiamo per non perderci nel nulla e dobbiamo mantenerlo così com'è.

Il sergente, più arrabbiato di lui, ringhiò:

«Mi prenderò cura di te, mio capitano.

"Sarà una perdita di tempo, perché anche le formiche rosse del deserto ti conoscono.

«Lo so, ma mi assicurerò che non mi conoscano. Mi camufferò come posso e so come, e mi costituirò alla sua ombra. Se riesco a fuorviarlo, bene, e in caso contrario, mi esporrò a qualunque cosa serva. Non mi fido nemmeno più di me stesso.

"Beh, organizzalo come meglio credi, ma fai attenzione a seguire le orme di quell'avvoltoio. Se, come sembra, è la sua banda, quando avrà completato la fornitura di uomini di cui ha bisogno, scomparirà da qui senza lasciare traccia e non avremo più sue notizie finché il cache non tenterà di attraversare il fiume, o non avrà attraversato esso, ridendo di noi.

"Lo vedremo, mio capitano.

Bob, punto dalla sua autostima, si preparò a portare a termine il suo piano, ma non prima di aver messo in luce due coppie di Ranger per cercare di individuare qualche traccia della coppia scomparsa. Erano usciti a cavallo all'alba, e forse nel paesaggio riuscivano a trovare una traccia, anche se lui non si fidava.

Da parte sua, ha acquistato un abito da minatore in disuso da un negozio di abbigliamento usato. Consisteva in pantaloni blu molto larghi che si allacciava alle ginocchia con una corda, stivali a tacco alto portati con gambali quasi al ginocchio, una vistosa camicia a quadri e un gilet giallo idem, più un cappello con le falde flaccide e una corona consumata. tutto ciò lo faceva sembrare un minatore sconfitto.

Poi, si spalmò il viso di fumo nero, annerendo il suo viso già segnato dalle intemperie e per camuffare ulteriormente il suo viso, si dipinse le sopracciglia ingrandendole. In effetti, solo dopo un attento esame poteva essere riconosciuto come il sergente Bob Reggs degli El Paso Rangers.

Capitolo V

Harry era scomparso senza lasciare traccia per tre giorni. Gli sforzi dei Rangers per cercare le sue tracce furono inutili e da quel momento in poi non ebbero più notizie del coraggioso ex sergente.

Bob, completamente travestito, teneva d'occhio Tymson da lontano, che sembrava ignaro della sorveglianza, mentre continuava a condurre una vita ostentata nelle bische, senza rivelare più rapporti del normale tra persone conosciute a El Paso e a El Paso. quello che non era sospettato di essere coinvolto in faccende così pericolose.

Caro si alternava al fratello nel compito di spiare il contrabbandiere. Dopo il fallimento di Harry, i passi di Tymson furono monitorati giorno e notte.

Bob era determinato a non perderlo di vista e a scoprire chi era associato a lui e a seguirne le orme fino a quando non avesse trovato il suo partner scomparso.

Ma il commerciante non sembrava avere fretta. Conduceva la sua vita normale e nulla denunciava che stava per scomparire da El Paso.

La sera, dopo aver cenato in albergo, si recava a El Ace de Corazones dove si alternava con una delle ragazze del cast, oppure passava un paio d'ore in sala da gioco, prima, verso le due, di ritirarsi nella sua alloggio. .

Bob, cercando di nascondersi il più possibile, lo attese pazientemente in un angolo del bar e quando ne uscì, si infilò come un'ombra fitta riparata tra le facciate delle case e lo seguì finché non si convinse di essere definitivamente ritirarsi a riposare.

L'acuto sergente era convinto che di lì a poco sarebbe scomparso da El Paso, ed era attento a tutti i suoi sensi. Si aspettava una manovra imprevista dal contrabbandiere e non voleva essere sorpreso.

Per questo, quando lo lasciava in albergo a tarda notte, non era convinto che si stesse effettivamente ritirando per riposare e sarebbe rimasto a lungo in agguato nei dintorni, fino a quando Caro, che aveva il compito di vegliare su di lui mentre dormiva, accusa di spionaggio.

La bisca si trovava in Montana St., all'incrocio con Piedras Copia e il misterioso soggetto alloggiava presso l'hotel Texas, installato in Wyoming St. che era parallelo al precedente.

Tymson lasciò ostentatamente il locale, attraversò da una strada all'altra lungo uno dei vicoli laterali, e scomparve all'interno dell'albergo.

Bob, come sempre, prese posizione all'angolo del vicolo all'ombra di un capannone di un magazzino e attese pazientemente. Sarebbe rimasto al suo posto per un'ora come al solito e poi avrebbe lasciato Caro fino al mattino successivo.

Mezz'ora dopo sentì dei passi cauti e guardò sospettoso, ma si calmò. Era Caro che veniva come al solito.

"Niente Bob?

"Niente, Caro, eppure un sesto senso mi dice che sta per scomparire. Vorrei soffrire della malattia dell'insonnia per passare la mia vita incollato ai tacchi dei suoi stivali.

Caro ha fatto un'osservazione:

"Pensi che possa facilmente scomparire in un momento esotico? So per certo che qui non hai un cavallo e per lasciare El Paso dovrai usare il treno.

"Non fidarti di questo. Nessuno è stato in grado di collegarlo a un soggetto sospetto, eppure ha organizzato tutto perfettamente per portare via Harry senza che nessuno lo sapesse. Nessuno può assicurarti che a un certo momento non ti aspettano da qualche parte con un buon cavallo e cercano di scomparire.

"Sì, è vero, e penso che se così fosse e scoprissimo che lo aspettavano con un cavallo, non potremmo fare nulla per seguirlo, perché non avremmo tempo di cercare le nostre cavalcature . Ci hai pensato, Bob?

"No; mi è venuto improvvisamente in mente ora e non so come organizzeremo la cosa, se si presenta. Domani farò in modo che alcuni dei nostri uomini facciano la guardia a cavallo in punti strategici della periferia. Quindi, se è successo, quello che mi è appena venuto in mente, avrei presto avuto un cavallo per seguire le sue orme.

Era passata più di un'ora e Bob, convinto che quella notte non sarebbe successo nulla, si preparò a lasciare il fratello e ad andare in caserma, ma quando stava per andarsene, si aggrappò più vicino all'ombra e strinse il braccio di Caro in modo che fosse ancora .

Qualcuno era appena apparso alla porta dell'albergo e sebbene a quell'ora la luce fosse scarsa, lo sguardo acuto di Bob riconobbe il contrabbandiere.

"Il mio cuore non mi ha ingannato", mormorò. Tymson scomparirà da qui come un'ombra.

Tymson non portava una valigetta o qualcosa che denunciasse un tale scopo. Appariva vestito come quando era entrato e dava l'impressione di uscire per prendere il fresco della notte piuttosto che per fuggire.

Tymson guardò su e giù finché non si convinse che a quell'ora la strada era deserta e a passo normale, senza fretta né nervosismo, proseguì verso ovest.

In fondo alla strada, a sinistra, c'era l'Unión Estación, ma a quell'ora non circolava nessun treno. Tuttavia, oltrepassandolo e attraversando Santa Fe St., si raggiunge il fiume e di fronte al ponte internazionale.

Bob pensava di aver indovinato l'idea di Tymson. Non sarebbe andato in treno, ma avrebbe usato le varie barche che facevano il viaggio lungo la riva del fiume per allontanarsi e sbarcare in qualche luogo lontano, dove sicuramente lo avrebbero aspettato.

Doveva controllarlo e, in tal caso, seguirlo allo stesso modo. Non sarebbe stato affatto difficile saltare su una delle barche ormeggiate e precipitarsi a valle dietro qualunque barca potesse usare il contrabbandiere.

Quando fu abbastanza lontano da poterlo seguire a distanza senza essere visto, Bob si lanciò dietro di lui seguito da suo fratello e sfiorando le facciate degli edifici che seguivano a distanza.

Tymson, incurante di prendere qualsiasi precauzione, seguì la strada fino alla fine, girò intorno alla stazione che era silenziosa e buia, e giù per Santa Fe St. raggiunse il fiume.

I due Ranger, come lupi in agguato, lo seguirono il più vicino possibile. Tymson si avvicinò alla riva, scese un po' finché non raggiunse una delle scale e le discese. Ai piedi dei gradini che si tuffavano nell'acqua c'era una barca che lo aspettava.

Il contrabbandiere gli saltò addosso e in piedi sul ponte guardò in basso con umorismo. Poi salutò con la mano e la barca rotolò al largo della riva nel centro del ruscello.

Nella notte abbastanza buia, le lanterne di posizione della barca erano l'unica cosa che si poteva distinguere, il resto si confondeva con la massa nera dell'acqua.

Bob corse a riva, deciso a non perdere di vista un elemento così pericoloso, e seguito dal fratello raggiunse la sponda del fiume.

Vicino a dove era scomparso Tymson c'era una lunga barca con due uomini a bordo. Alcune reti appese ai lati li denunciavano come pescatori. Bob fece un cenno a Caro ed entrambi scesero la scala mentre Bob chiamava i pescatori.

"Presto, amici, avvicinate qui la barca. Ne abbiamo bisogno.

"Ehi" disse uno ", anche noi. Dobbiamo pescare e...

"Veloce, senza perdere tempo. Servizio speciale Ranger K Division. I danni loro causati saranno risarciti.

L'ordine era rigoroso e il comando di un'autorità così dura come i ranger non poteva essere disobbedito. I due pescatori, senza alcuna obiezione, liberarono la fune, allentandola in modo che la barca potesse scivolare su per la scaletta.

Quando arrivarono, afferrarono la lenza e Bob saltò sul ponte, ma uno dei pescatori ringhiò:

Ehi, che scherzo è questo? Hai detto che erano Ranger...

"Non perdere un secondo o ti butto in acqua," urlò Bob. Te lo mostrerò più tardi, ma per ora lascia andare quella dannata linea e segui quella barca che è decollata proprio ora. Tieni d'occhio la lanterna di poppa o ti riterrò responsabile di qualcosa di molto pericoloso.

Prima del severo ordine, i due pescatori furono costretti a rilasciare definitivamente la lenza caduta in acqua e, presi i remi, spinsero dentro la barca per eseguire l'ordine.

La lanterna di posizione rossa sulla barca su cui stava viaggiando Tymson stava diminuendo pericolosamente e Bob aveva paura di perderla nelle ombre della notte.

«Remen de firme», ordinò, «e quando arrivano abbastanza da non sfuggirgli, metti giù i remi e lascia che la corrente ci prenda.

L'ordine fu eseguito, ma uno dei pescatori, non ancora convinto, ringhiò:

"Avete promesso di mostrarci che siete Rangers. Penso che abbiamo il diritto di essere convinti.

Bob si sbottonò la camicia e alla luce della lanterna di prua gli mostrò il quadrato illuminato all'interno dicendo:

"Sei convinto adesso? Sono il sergente Bob della Divisione K. Non hai sentito parlare di me?

"Oh sì, sergente Bob! Ma in quel vestito...

"Questo è il minimo. Vai avanti, ho assolutamente bisogno di tenere traccia di quella barca.

"Cosa succede? Qualche sicario che ti sfugge?

"Qualcosa di più: un contrabbandiere che devo prendere in custodia.

La barca, spinta non solo dalla forte corrente, ma dai due remi dei pescatori, sorvolava la superficie del fiume in fitti vortici a destra ea sinistra, ma Bob non si accorse dello scroscio dell'acqua. In piedi al centro della barca, guardò con impazienza la barca di Tymson che ora era più vicina, perché veniva portata via solo dalla corrente.

Quando calcolò che avevano guadagnato abbastanza distanza e che non lo avrebbero perso di vista, ordinò:

"Spegni quelle luci.

Ehi, non quello. Potremmo imbatterci in qualche altra barca.

"Non me lo aspetto. Ho bisogno che non sappiano che li stiamo seguendo. Almeno tolga il faro e lo lasci qui in basso. Che non vedano la luce e non sospettino che li raggiungeremo Se se ne rendono conto, le cose non saranno molto facili e quello che voglio non è dare la caccia a quell'uomo, ma semplicemente seguirlo.

Il comando fu obbedito a malincuore e la lanterna rossa di prua, una volta scesa, rimase sul fondo della barca, dipingendo di rosso i piedi e le gambe dei suoi occupanti.

I pescatori avevano lasciato i remi all'interno della barca e venivano portati via dalla corrente impetuosa. A una distanza di una sessantina di metri, la barca che portava a Tymson stava ancora scivolando veloce lungo il centro del ruscello.

Bob, braccato dalla caccia, stava al centro della barca con lo sguardo fisso sulla barca fuggitiva, mentre il fratello, seduto su una delle panche con il gomito sul parapetto, fissava anche lui la barca.

I due pescatori, apparentemente indifferenti a ciò che preoccupava i due ranger, si erano posizionati uno a poppa e uno a prua. Quello a poppa aveva la schiena di Bob, mentre l'altro aveva Caro al suo fianco.

E all'improvviso, quando i due fratelli furono più distratti, seguendo la marcia della barca opposta, a un gesto di uno di loro, quello che dava le spalle a Bob brandì un pesante bastone che poggiò sulla panca e con impeto selvaggio lo sollevò per lasciarlo. cadde sulla testa del maresciallo, mentre l'altro si gettò su Caro.

Ed è stata una fortuna per Bob che un vortice d'acqua abbia fatto oscillare la barca e lo abbia colto alla sprovvista, costringendolo a inclinare il corpo di lato, facendogli quasi perdere l'equilibrio.

Questo movimento laterale impediva al grosso bastone di schiacciargli la testa, ma non gli impediva di atterrare sulla sua spalla sinistra.

Riflessi rapidi, Bob si rese conto che erano entrati loro stessi in una trappola mortale. La barca era lì come un'esca in attesa che Tymson fosse seguito, ei due pescatori non erano altro che contrabbandieri di turno.

E siccome Bob era duro come la selce, nonostante il dolore feroce prodotto dal colpo, si mosse velocemente e resistette al secondo incastro del contrabbandiere, che quando mancò il colpo poiché aveva subito anche lo squilibrio della barca, non riuscì a stare in piedi per Applicare rapidamente un secondo colpo e, rendendosi conto della reazione del ranger, ha cercato di afferrarlo in qualsiasi modo con l'intenzione di gettarlo in acqua.

Bob lo afferrò ferocemente ed entrambi combatterono in quello stretto e pericoloso campo di combattimento in un duello mortale, mentre Caro, colto di sorpresa, seduto accanto al parapetto, lottava per liberarsi dalla pressione del suo nemico che cercava di stringergli il collo con bramosia assassini.

Il ragazzo, nel supremo sforzo di liberarsi dalla morte, riuscì a conficcarsi le ginocchia nel petto, tirandolo indietro. Il finto pescatore non ha potuto trattenere la pressione sul collo del ragazzo ed è stato costretto a rilasciare le mani per ricevere, subito, un terribile calcio al petto che lo ha mandato all'indietro.

Ma la larghezza della barca che danzava nella dura corrente non governata era così precaria che il bandito, cadendo, colpì la spina dorsale sulla sponda opposta, si capovolse e scivolò in acqua.

La barca si contorse pericolosamente, Bob e il suo nemico ferocemente bloccato persero l'equilibrio, anche loro caddero da quel lato e la barca si capovolse violentemente, gettando i quattro in acqua.

Caro saltò come una palla dall'altra parte disegnando una parabola nel vuoto per seguire i naufraghi.

In una rapida visione del dramma, Caro ha visto suo fratello lottare tra le onde senza lasciarsi andare o essere rilasciato dal suo nemico e come i due sono scomparsi per un momento sott'acqua. Poi vide confusamente il suo rivale che nuotava forte verso di lui e vide un lungo e pesante remo sfiorarlo.

Istintivamente lo afferrò per aiutarsi a rimanere in acqua, proprio mentre il suo rivale, nuotando vigorosamente, gli si avvicinò. Caro, buon nuotatore, accarezzò con un braccio e sollevò il remo, lasciandolo cadere sul cranio del contrabbandiere. Questo scomparve sott'acqua e non vide più.

La corrente lo stava allontanando impetuosamente e nonostante l'angoscia che gli procurava il pensiero della sorte del fratello, il suo istinto di conservazione lo spinse a prendersi cura di lui e, lasciandosi trasportare dalla corrente, nuotò con cautela.

Nessuna traccia della barca e dei suoi occupanti. Dio sapeva cosa era successo loro, ma sperava che suo fratello avesse avuto la stessa fortuna e stesse nuotando nel fiume.

Alzò la testa e guardò avanti. Le luci della barca su cui viaggiava Tymson si sono rivelate a distanza di sicurezza e il suo istinto da ranger gli ha detto che, nonostante tutto, aveva una missione da compiere e che doveva compierla.

Se gli fosse stato possibile rimanere a galla, avrebbe seguito la barca fino al punto in cui era sbarcata e in caso contrario la sua fortuna sarebbe stata sfortunata, ma non sarebbe rimasto per mancanza di coraggio.

Con cautela, iniziò a tagliare la corrente ad angolo per nuotare più vicino alla riva. In caso di esaurimento sarebbe sempre più facile per lui atterrare che dover superare il centro dell'alluvione.

E alzando di tanto in tanto la testa, cercava avidamente la barca braccata, temendo di perderla di vista.

Finché una delle volte si è accorto che anche la barca cercava piano piano la riva e questo gli diceva che stava cercando di approdare.

E così è stato. Dopo aver raggiunto un punto in cui il fiume formava un ristagno, la barca si voltò rischiando di capovolgersi e si diresse verso il varco in cui veniva prodotto il ristagno. Per un attimo sembrò che lo slancio dell'acqua gli avrebbe impedito di scagliarlo contro la riva.

Ma fu abilmente salvato e la piccola barca entrò nel già tranquillo ristagno.

Caro, temendo di esservi gettato dentro scoprendo quelle persone, nuotò vigorosamente cercando la riva prima di raggiungere il punto in cui era penetrata la barca e quando sfiorò alcuni lussuriosi cespugli in crescita che sporgevano sopra il letto del fiume, allungò il braccio e riuscì ad aggrapparsi ferocemente contro di loro. Il cespuglio resistette alla trazione e Caro riuscì ad avvicinarsi al suolo finché non vi saltò sopra.

Era distrutto, esausto, zampillava acqua come una piccola sorgente, ma il suo spirito indomito rimase intatto e alzandosi in piedi decise di avanzare verso la piscina.

Si fece avanti dolorante, cercando di orientarsi. La luce delle stelle lo rendeva difficile da raggiungere, ma lo aiutava a non essere scoperto.

Finché all'improvviso udì il suono delle voci e, avanzando più cautamente, si avvicinò al luogo dove stavano parlando. C'erano diverse persone che si erano radunate.

E ora vicino al gruppo e vicino al suolo, riuscì a cogliere una voce, quella di Tymson, che diceva:

"Continuerai con la barca fino a San Elizario e lì la nasconderai. Il resto lo sai già. Ci dirigeremo a Ciudad de Juárez e tra una settimana a La Mesa. Non perdere tempo nel caso qualcuno abbia provato a seguirci, cosa che mi è sembrato di osservare, anche se le luci che abbiamo visto quando siamo partiti sono presto scomparse. Comunque, devi dare ai ranger il valore che hanno e non dimenticare che anche loro danno un valore a me.

Caro, ascoltate le istruzioni del contrabbandiere, è stata lasciata sospesa per un momento. Nell'imbarazzo del naufragio, non si era accorto che avevano approdato in terra messicana e per questo Tymson parlò di andare a Ciudad de Juárez e poi a La Mesa. Sarebbe stato molto facile per lui entrare nel New Mexico attraverso il confine tra le nazioni e passare El Paso lasciandolo indietro.

Un rumore di cavalli che si muovevano nell'entroterra gli disse che il contrabbandiere e quelli che lo stavano aspettando si stavano allontanando, mentre la barca era mezza arenata nel fango del ristagno.

E il ragazzo coraggioso si chiese cosa poteva fare. Era sulla terra del Messico e per tornare a El Paso doveva riattraversare il Grande e percorrere una distanza che calcolò per il tempo in cui erano stati sul fiume di circa dodici o quattordici miglia. E l'impresa gli sembrava superiore a ciò che le sue forze esauste potevano offrire.

Capitolo VI

UN PRODOTTO EROICO

Tremando per il freddo per la lunga permanenza in acqua e per l'umidità costante dei suoi vestiti, Caro non sapeva quale decisione prendere. Saltarsi nel fiume di notte per attraversarlo in quell'oscurità e con le forze spezzate, era una follia. Il minimo che poteva fare era aspettare che il giorno si schiarisse e le sue energie si riprendessero un po'.

Aveva scoperto qualcosa; Questo potrebbe essere molto utile, dal momento che avevano un periodo di una settimana per arrivare a La Mesa e in quel momento potevano tornare a El Paso per raccontare la loro odissea e organizzare ciò che era necessario per prendere in consegna la banda o localizzare Tymson, ma c'erano altre cose più immediate che riempivano la sua attenzione.

Uno era l'angoscia di non conoscere il destino di suo fratello. Bob era duro, energico, coraggioso fino all'incoscienza, ma il fiume aveva inghiottito uomini duri come lui e non poteva escludere che la sfortuna lo avesse colpito.

Solo a pensarci il dolore gli lacerava il petto. Cosa sarebbe successo a casa quando sua madre e sua sorella avessero saputo della sfortuna di Bob?

È vero che stava per subire la stessa sfortuna, ma era stato salvato e la pena di essere grande non sarebbe stata parossistica.

Poi avrebbe pensato al ridicolo di cui erano stati oggetto. Suo fratello, nonostante la sua conoscenza e astuzia, si era chiuso in quella trappola mortale e i suoi nemici avrebbero riso molto di loro, anche se era possibile che alcuni di coloro che presidiavano il falso peschereccio, in particolare quello che lo aveva colpito a remi , lo stavano facendo in fondo al fiume.

Ma a quanto pare la banda era lunga e composta da uomini d'acciaio. I suoi due feroci nemici lo avevano dimostrato, e lì aveva accanto a sé altri due che non potevano essere disdegnati.

E all'improvviso ha concepito un progetto folle. Aveva bisogno della barca per attraversare più comodamente il fiume e se c'era un modo per entrare in possesso di quella coppia di indesiderabili, forse le loro segnalazioni sarebbero state molto preziose, a parte il fatto che, se fosse riuscito a portare a termine l'impresa, sarebbe stato molto facile che valesse qualche ricompensa che avrebbe ben vinto.

I due membri dell'equipaggio della barca non sembravano avere fretta di lasciare il ristagno per proseguire sul fiume verso la loro destinazione. La notte era molto brutta per manovrare attraverso la barriera e il vortice del fiume per battere e formare il ristagno e la prudenza sembrava consigliare loro di aspettare la luce del giorno.

Sarebbe stato molto pericoloso per lui se non si fosse allontanato da lì, perché avrebbero potuto scoprirlo e la sproporzione delle forze da combattere sarebbe stata enorme. Lui stanco e disarmato e quei due ragazzi che portano la rivoltella in vita in tutta sicurezza.

Ma era ossessionato dall'idea di impossessarsi di loro. Sarebbe un colpo spettacolare e coraggioso che lo meriterebbe agli occhi dei suoi compagni di squadra e in particolare del suo capitano. Era ancora senza sparare, non aveva ricevuto il battesimo di sangue dai Rangers e doveva far capire che suo fratello non si era fidato invano di lui.

I due barcaioli erano rimasti a ridosso della riva senza decidere il loro atteggiamento. Sembravano meditare molto ed entrambi tacevano.

Fino a quando uno ha chiesto:

"Cosa facciamo Giacomo?

"Non lo so. Non mi piace uscire al fiume con questo buio. Sai quanto sia pericoloso scontrarsi con l'alluvione e allineare la barca al suo interno. Durante il giorno ci sono più possibilità e se succede qualcosa, potremmo nuotare meglio a terra.

"Hai ragione, ma cosa facciamo qui da soli? Mancano almeno tre ore all'alba.

"E se ci sdraiassimo a dormire per un po' fino all'alba? Non c'è anima qui e possiamo farlo in sicurezza.

"Beh, mi hai dato un'idea. Abbiamo tutto il tempo per prendere la barca con gli altri e tornare al luogo dell'appuntamento. Bene, troviamo un posto dove sdraiarsi. Abbiamo passato la notte svegli e tre ore di riposo non ci faranno male.

Caro, sentendoli, si appiattì tra i salici che crescevano sul bordo della piscina. Non poteva essere più bagnato di quanto non fosse, e non poteva entrare in acqua un po' più che un po' meno.

Non sarebbe lì dove i contrabbandieri cercavano il loro letto di fortuna, perché lo facevano su un terreno asciutto e lontano dall'umidità.

Dal suo nascondiglio poteva seguire i movimenti di uno di loro. Girò in cerchio nel raggio del suo sguardo cercando il posto giusto per improvvisare il suo tappetino.

Alla fine lo vide chinarsi per una ventina di metri, ammucchiare le foglie ai piedi di un lungo cespuglio e stendere una coperta, che andò a prendere dalla barca. Improvvisato il letto, ci si sdraiò pronto ad approfittare di quelle tre ore.

Non riusciva a vedere il compagno, ma lo sentiva allontanarsi non troppo, finché alla fine dovette trovare il posto desiderato perché smise di fare rumore.

Poi chiamò:

«James, non appena il sole ci colpisce in faccia, di sopra.

"Non preoccuparti. Con un sonno leggero sarò pronto.

E non hanno più cambiato una parola.

Caro scivolò fuori dai salici e scelse un terreno meno fangoso. La febbre che gli fece pensare di poter prendere il sopravvento su quella coppia di indesiderabili gli fece dimenticare i tormenti fisici della sua situazione e si sentì rianimato per compiere l'impresa. Ma avrebbe dovuto aspettare un tempo ragionevole prima che quei due ragazzi fossero sopraffatti dal sonno. Ne aveva bisogno perché non poteva combatterli entrambi allo stesso tempo.

Contando i minuti, sembrandogli secoli quanto tempo impiegassero a passare, attese in un terribile stato di nervosismo. Stava per giocare uno scherzo pericoloso e se lo avesse fallito minimamente, sarebbe stato inutile salvarsi dall'annegamento se fosse caduto crivellato di proiettili.

Alla fine, divorato dall'impazienza di risolvere una volta per tutte quella terribile situazione, si armò di una grossa pietra appuntita che aveva trovato tra i salici e cominciò a strisciare per terra come un rettile che si inarca per avvicinarsi da dietro al dormiente. Era meno in pericolo di essere visto e avrebbe avuto la testa del contrabbandiere più vicino alla mano per colpire senza pietà.

Perché il suo successo stava nel sorprenderlo e vanificarlo con un colpo feroce che non gli permetteva di urlare.

Se ci fosse riuscito, gli avrebbe tolto il revolver e con un fucile in mano non aveva paura dell'altro se non riusciva a cacciare anche lui addormentato.

Trattenendo il respiro, avanzando dolcemente per non fare rumore, guadagnò terreno. A poco a poco stava colmando il divario e venne un momento in cui si trovò a meno di un metro dal suo nemico.

Si fermò per riprendere fiato, poi avanzò ancora un po', si mise in ginocchio e, sollevando il sasso con braccio sicuro, scelse il luogo del colpo.

La pietra ha scavato nel lato della fronte del contrabbandiere, aprendo una buona fessura attraverso la quale il sangue è saltato. Il contrabbandiere rabbrividì, rimpicciolendosi tragicamente, e la mano di Caro afferrò il collo della sua vittima nel caso potesse ancora urlare, ma non era necessaria alcuna pressione, perché quel gesto era l'unico che poteva eseguire.

Caro sussultò e perlustrò la vita dell'uomo ferito. C'era il revolver, una Colt .45 con un pesante calcio di ferro, e lui l'afferrò avidamente. Ora, con lui in mano, si credeva invulnerabile.

Questa volta non strisciò per terra, ma camminò in piedi, in silenzio, cercando l'altro indesiderabile. Il revolver era un buon freno se aveva la sfortuna di essere scoperto presto.

Alla fine lo trovò. Fiducioso come il suo compagno dormiva sulla schiena. Caro si fece avanti in punta di piedi, brandendo ora il revolver per la canna. Sembrava più efficace per colpire senza uccidere il calcio della rivoltella, temendo che la pietra avesse causato più di un blackout all'altro contrabbandiere.

Cadde in ginocchio, alzò il braccio e colpì.

Quando il ruffiano ricevette il colpo, emise un urlo impressionante e ebbe il coraggio di provare ad alzarsi, ma un secondo colpo alla base del cranio lo annullò in modo fulminante.

Caro, sorridendo, si alzò. Aveva avuto una fortuna pazzesca nel portare a termine il suo audace piano e ora si sentiva posseduto da una gioia così grande che per effetto dei suoi nervi gli aveva tolto tutti i sintomi della stanchezza.

Il più difficile è stato raggiunto. Ora, doveva solo trovare della corda nella barca, legarli e imbavagliarli bene e trascinarli sulla barca.

Una volta dentro, li copriva con le coperte per non attirare l'attenzione e portava la barca fuori dal ristagno. Andare controcorrente con quel carico era assolutamente impossibile, ma sperava che a causa del traffico fluviale qualche chiatta da carico o una lancia a vapore sarebbe arrivata a monte. In tal caso, invocando il suo status di ranger, chiederebbe una cima per ormeggiare la barca e rimorchiarlo a El Paso.

Quando è spuntata l'alba e si è avvicinato ai feriti, ne è rimasto colpito. Entrambi avevano profonde ferite sulla testa da cui sgorgava sangue e, non sapendo come fermare la piccola emorragia, scelse di mettere dei pezzetti d'erba nei tagli delle ferite. L'impacco non è stato molto efficace e salutare, ma in parte è riuscito.

Poi li trascinò a riva e raccolse le coperte. Nella barca trovò delle funi che servivano per legarle bene e una volta prese queste sagge precauzioni, le vide e volle metterle nella barca.

Più volte fu sul punto di farlo cadere, ma alla fine, sudando come un condannato, le depose sul fondo e le coprì con le coperte.

E siccome il sole stava già cominciando a splendere, si mise ai remi e si gettò fuori dalla piscina in una manovra molto pericolosa che avrebbe potuto ribaltare la barca e mandare in acqua i tre.

Ma non era un novellino in queste lotte. Aveva remato molto in quel fiume e vi aveva nuotato molto e con pazienza e abilità, mettendo a frutto i nervi e l'intuito, riuscì a superare lo shock dell'acqua ed entrare nella corrente.

Cominciò a trascinare la barca a valle e Caro cercò di contrastare lo slancio con i remi. Era un compito titanico che non poteva portare a termine.

Si guardò indietro angosciato. Una chiatta panciuta e tozza stava arrancando lungo il fiume. Caro, con tutta la forza che poteva mettere nella sua voce, urlò:

"Ehi, dalla chiatta! Un caporale, lascia cadere una corda o il diluvio mi porterà via!

Un barcaiolo barbuto se ne accorse e lanciò una grossa fune che terminava in un ampio cappio e gridò:

"Attenzione, ho allentato la corda.

Caro afferrò saldamente l'arco con la mano sinistra e sollevò il braccio destro. Il barcaiolo gli lanciò abilmente la fune e Caro riuscì ad afferrarla attraverso il buco nella fune. Il sobbalzo che sentì quando la barca si fermò sembrò strappargli il braccio, ma tenne duro e la barca smise di scivolare a valle.

Infilò la fune nel timone, tenendola in modo che non si staccasse, e presto si vide a poppa della chiatta trainata da essa.

Il comandante della barca si avvicinò, chiedendo:

«Dove diavolo volevi andare con quella barca a monte?

"A El Paso.

"Beh, saresti arrivato quando alla rana sono cresciuti i peli. Cosa indossi sotto quelle coperte? Non mi dirai che è contrabbando.

"Quasi, capo. Guardalo per convincerti.

E sollevò un piccone da una coperta che mostrava la testa di uno dei contrabbandieri.

Il capo, vedendola tutta insanguinata, gridò:

"Per la barba del profetico! Che cosa significa?

«Non allarmarti, capo. Conosci questo? Aprì la maglietta bagnata e gli mostrò il distintivo. Il capo conosceva bene le insegne del Corpo.

"Ragazzino?

"Esatto. Sono andato a caccia di due elementi pericolosi e sono riuscito a cacciarli lontano da El Paso; non avevo altro mezzo di trasporto che la barca e devo portarli lì.

«Be', ranger, questa è un'altra cosa. Arriveremo a El Paso a metà giornata.

Lo skipper non si preoccupò più del suo rimorchio. I ranger erano troppo seri e le persone che non dovevano temerli li ammiravano e li apprezzavano.

Caro era posseduto da una gioia straordinaria. L'impresa appena compiuta sarebbe stata firmata dal fratello con orgoglio ed era sicuro che avrebbe fatto scalpore in caserma.

Ma la sua gioia si è tramutata in tristezza quando ha invocato la figura del fratello. Se fosse morto nel fiume, tutto questo sarebbe rimasto indifferente perché per lui e la sua famiglia, la vita di Bob era prima di tutto.

Ma dal momento che non sapeva ancora nulla di specifico, sperava che Bob fosse risorto dal pericolo come aveva fatto e, in tal caso, il viaggio sarebbe stato glorioso per entrambi.

Come aveva previsto il comandante della chiatta, la nave arrivò a El Paso a mezzogiorno.

Caro non vedeva l'ora di arrivare perché, nonostante i suoi vestiti si fossero in parte asciugati per l'azione del sole mattutino, si sentivano umidi e appiccicosi sulla sua carne, provocandole una sensazione di disagio nervoso, a parte il fatto che il suo stomaco richiedeva attenzioni che non era stata in grado di farlo. offrire.

A questo si aggiungeva il desiderio di sapere se suo fratello era stato salvato dalla catastrofe ed era tornato in città. Se è così, Bob deve anche essere stato angosciato per non avere la minima notizia da lui.

E infine, desiderava sbarazzarsi di quel fastidioso carico e vederli ben custoditi in una delle celle della caserma.

La chiatta arrivò all'argine del fiume e ormeggiò. Il boss, rivolgendosi a Caro, indicò:

"Siamo arrivati, Ranger; ora cosa?

"Vuoi fare tutto il favore?

"Di cosa si tratta?

"Quello che uno dei suoi scaricatori guarda per vedere se c'è un compagno di guardia sulle passerelle e gli dice di venire. Ho bisogno di aiuto.

"Aspetta, gli ordinerò di trovare i loro compagni.

Venti minuti dopo, un ranger in uniforme era chino sul bordo della passerella.

Chi sta chiedendo il mio aiuto? "Chiedo.

Caro indicò con la mano:

"Scendi e sali sulla barca. Ecco te lo dico.

Il ranger scese la scala e salì sulla barca. Caro si presentò dicendo:

"Dato che mi sono appena arruolato nel Corpo, non siamo conosciuti. Mi chiamo Caro Reggs e sono il fratello del sergente Bob.

"Piacere di conoscerti. Ho sentito che stava arrivando un fratello del sergente, ma non avevo avuto il piacere di vederlo.

"Il fatto è che appena sono entrato è stato ordinato un servizio in cui dovevo vestirmi in abiti civili e non presentarmi in caserma perché non identificassero la mia personalità. Ecco il mio distintivo.

"Basta, dimmi cosa volevi.

"Sai se mio fratello è tornato in caserma?

"Non l'ho visto. Stamattina ho preso il servizio, ma non l'ho visto. È vero che non appartengo alla vostra azienda.

"Ne avevo paura. Ieri sera sul fiume ci è successo qualcosa di drammatico e temo che sia annegato.

"Non dirlo.

"Sì, la storia è lunga, ma non ho tempo per raccontarla. Devo portare questo fuori di qui e portarlo in caserma.

Sollevò un po' le coperte e mostrò i corpi dei due contrabbandieri. Il ranger fece una smorfia al suo aspetto impressionante.

"Raggi dell'inferno! Dove l'hai trovato?

"Nel fiume. Ho dovuto buttarli fuori perché il mio revolver non funzionava. Sono contrabbandieri di armi.

"Buon servizio, amico. Cosa dovrei fare?

"Penso che sarebbe meglio se tornassi in caserma, cercassi il capitano Walter e gli dicessi che Caro, il fratello del sergente Bob, è su una barca vicino alla diga con due contrabbandieri feriti e indigenti che devono essere trasferiti lì . Organizzerà ciò che riterrà più conveniente.

"Beh, te lo farò sapere subito.

Mezz'ora dopo apparve il capitano con quattro ranger che portavano pali e teloni per improvvisare due barelle. Il capitano scese in barca e salutò Caro, chiedendo:

"Cosa porti, ragazzo?

"Questo.

Il capitano diede loro un'occhiata e disse;

«Be', ne parleremo più tardi. La prima cosa è prendere queste carogne. Dov'è tuo fratello?

"Questo mi piacerebbe sapere. Temo che in fondo al Grande.

"Ehi? Che dici?

"Non lo so. È stata una cosa terribile, Capitano, e temo...

"Beh, non parlare ora. Lo sfratteremo.

I ranger hanno rapidamente montato le barelle, i corpi dei prigionieri sono stati rimossi e depositati su di esse e poco dopo si sono diretti in caserma.

I curiosi avevano cercato di aggirarsi ai piedi del lungomare per curiosare sull'operazione dei Rangers, ma chi aveva portato l'avvertimento si era premurato di tenerli a distanza in modo che non intralciassero la manovra e, soprattutto , in modo che ne venissero a conoscenza il meno possibile. cose che potrebbero essere dannose da rilasciare in commenti pubblici.

Capitolo VII

UN UOMO DI NERVO

Quando arrivarono in caserma, il capitano fece entrare Caro nel suo ufficio e lo interrogò:

"Dai, ragazzo, dimmi tutto quello che è successo.

Caro, la sua voce interrotta dal dolore di non aver sentito suo fratello, ha dato un resoconto dettagliato della loro odissea quella notte sul fiume. Una storia drammatica che il capitano ha apprezzato con tutte le sue sfumature.

Ed era soddisfatto della grana, del coraggio, dell'audacia e del coraggio del nuovo Ranger al suo servizio. Non aveva rinnegato la tradizione di famiglia e aveva ricevuto sul suo corpo un battesimo di sangue che meriterebbe una menzione di spicco nel quotidiano.

"Bravo, ragazzo! "Ha commentato entusiasta", ti sei comportato meravigliosamente e sono orgoglioso che appartieni alla mia compagnia. L'impresa è stata degna di un ranger e questo ti accredita come uno dei migliori.

"Hai fatto qualcosa di molto utile, non solo per rintracciare i contrabbandieri, ma per essere in grado di localizzare dove si trova il tuo partner Harry, che non possiamo abbandonare a questi furfanti. Tymson è stato molto intelligente, lo ammetto e ha dimostrato di non fidarsi del caso.

»Sa di essere spiato ed era pronto a sfuggire a qualsiasi persecuzione. Comunque, questa volta la sua astuzia è stata spezzata e ha lasciato qualcosa nelle nostre mani.

Ora sappiamo che qualcosa si sta preparando a La Mesa tra una settimana e a meno che la mancanza di questi ragazzi non li metta in guardia e i loro piani cambino, qualcosa si può fare.

"Quando il dottore curerà quei rospi e torneranno in sé, vedremo cosa hanno dentro da liberare, ma nel frattempo mi sento a disagio quanto te per la sorte di tuo fratello e darò un ordine immediato in modo che un la registrazione viene verificata in tutto il fiume e richiede informazioni alle città lungo il fiume nel caso in cui potessero raggiungerne una o se avessero scoperto un cadavere nel fiume.Sarebbe una perdita dolorosa per tutti noi se Bob fosse annegato. Lo so che era un ottimo nuotatore, ma tutto dipendeva dalla sua lotta con il contrabbandiere e da come era fisicamente per salvare lo slancio del fiume.

"Non dobbiamo perdere la speranza, ragazzo, perché finché non c'è certezza della sua morte, è possibile sapere di lui.

"Mio Dio, cosa dico adesso a casa? Per mia madre sarà un colpo terribile.

"Penso che la cosa saggia da fare sia non andarci ancora. Finché non abbiamo la certezza della sua scomparsa, non è necessario allarmarla e darle fastidio se dopo non è successo nulla. Le cattive notizie più tardi sono, meglio è.

"Quanto a te, devi essere arreso e distrutto, e un riposo ti fa comodo. Vai al tappetino e prova a dormire qualche ora; al resto ci pensiamo noi.

Sopraffatta dall'emozione, dai nervi e dalla stanchezza, Caro si ritirò nei dormitori, e presto l'intera caserma apprese con la conseguente angoscia della scomparsa del sergente Bob.

Il capitano Walter ordinò la mobilitazione di tutti gli uomini disponibili, sia i franchi in servizio che quelli che non avevano una missione inevitabile, e coppie di cavalieri al galoppo scomparvero lungo la riva del fiume per indagare su dove si trovasse il sergente Reggs.

La sua odissea era stata drammatica quanto quella di suo fratello, anche se in un altro senso.

Bob è caduto in acqua in un feroce abbraccio con il contrabbandiere che lo aveva colpito. Nonostante il dolore alla spalla per il colpo ricevuto, la sua natura rude prevalse e si lanciò nella lotta pronto a dominare il suo nemico anche lui non tenero. I due come due gatti rabbiosi si erano aggrappati ferocemente cercando di afferrarsi per il collo per decidere la lotta.

E in questo duro abbraccio furono sorpresi dalla caduta in acqua. Bob, che in quel momento aveva la parte peggiore perché il suo braccio sinistro non rispondeva con la forza e la rigidità necessarie, sentiva la pressione delle mani del suo nemico, mentre cercava di liberarlo con le ginocchia allo stomaco e così, quando cadeva , vide annullato per affrontare il nuovo pericolo.

L'inondazione li fece rotolare come una palla, facendoli rotolare al colpo e sommergerli. L'istinto di conservazione ha costretto il contrabbandiere a rilasciare la sua preda per nuotare e galleggiare.

Bob, liberato dalla pressione, era sul punto di non essere più in grado di galleggiare. Sentì un grande soffocamento e in un atto meccanico cercò di respirare per portare aria nei polmoni e fu l'acqua che gli entrò in bocca, sul punto di soffocarlo.

In una reazione brutale, dimenò le gambe per risalire in superficie e ci riuscì. Ora libero, la sua testa risucchiò per l'entusiasmo e cercò di nuotare verso la riva. La spalla gli doleva orribilmente e temeva che non sarebbe stato in grado di rimanere a galla a lungo senza l'aiuto adeguato del suo braccio dolorante.

E quando, lasciandosi trasportare dalla corrente, nuotava con un braccio per appoggiare l'altro, qualcosa gli saltò addosso; fu il corpo del suo nemico che, quando riemerse anche da sotto l'acqua, fu travolto dal diluvio.

Il contrabbandiere stava nuotando con più vigore, forse perché non era rachitico, e Bob aveva la sensazione che stesse cercando di salirgli sopra per vedere se poteva finalmente affondarlo.

Istintivamente, Bob si tuffò per lasciarlo passare sopra la testa e ne uscì di nuovo diversi metri dopo, inciampando sul corpo del suo nemico mentre riemergeva.

E istintivamente allungò la mano mentre nuotava con l'uomo dolorante. Mentre lo allungava, inciampò nello stivale del contrabbandiere e lo strinse forte. Il suo nemico, sentendosi afferrato e privo del movimento di quel remo così preciso per la sua salvezza cercò di agitarsi, ma Bob, con la durezza granitica della sua natura e del suo carattere, prese un profondo respiro, prese aria nei polmoni e si immerse fino a poteva trascinare. dietro di lui il corpo del suo nemico afferrato dallo stivale.

Tremò convulsamente sotto l'acqua, ma Bob nuotò ferocemente il meglio che poteva, disposto a resistere fino a quando i suoi polmoni non cedettero più da soli e quando non ce la fece più, lasciò la presa e salì in superficie.

Non ha più visto il contrabbandiere. Non sapeva se fosse stato annegato o trascinato via dalla corrente, ma non aveva potuto fare di più per vendicarsi.

E poi è iniziata la sua lotta per la salvezza.

Privo di facoltà, ogni volta che cercava di nuotare tagliando la corrente si sentiva attratto da essa e non riusciva a superarla. Questo lo ha costretto a continuare a valle, facendo appello alle sue grandi capacità natatorie.

A volte si girava sulla schiena e si preoccupava di rimanere a galla con il minimo sforzo per recuperare le energie, poiché non sarebbe stato in grado di stare in acqua a tempo indeterminato. Ad un certo punto dovrebbe atterrare o affonderebbe per sempre.

E così se ne andò vertiginosamente senza sapere dove lo stesse portando il fiume, né se sarebbe mai riuscito a uscirne. Cercavo con ansia di vedere qualcosa. La visibilità era molto scarsa alla luce delle stelle e non aveva idea del paesaggio. Solo ombre vagamente incise nel debole bagliore azzurro della notte passarono vagamente davanti ai suoi occhi rossi come la febbre e non vide più.

Improvvisamente, sentì un tonfo ai suoi piedi. Aveva la sensazione che potesse essere il suo nemico che lo aveva raggiunto e stava cercando di restituire il tragico gioco e si voltò nel momento in cui ciò che lo aveva colpito roteando nell'acqua, iniziò a scivolare lungo uno dei suoi fianchi. Il tocco che produsse gli fece capire che si trattava di un albero portato dalla corrente e subito allungò una mano.

Uno dei rami sporgenti lo colpì al braccio. Velocemente, lo afferrò e tenne il tronco impedendogli di avanzare e manovrando come meglio poteva, riuscì ad aggrapparsi ad esso ea prenderlo come un galleggiante.

Questo lo ha sollevato molto. Stava per svenire e quell'albero provvidenziale poteva essere la sua salvezza.

Ed esso era. Un po' più avanti il fiume formava un'ansa stretta; La corrente ha spinto l'albero dietro la curva e quando ha colpito la sporgenza si è impigliato in qualcosa. Bob, senza perdere un minuto, rendendosi conto che aveva la terra a due passi e non poteva perderla, lasciò l'albero e nuotò ferocemente prima che l'acqua nel vortice che colpiva la curva lo trascinasse di nuovo nel suo turno.

E per metà sprofondò, ma con il lavoro ne uscì e raggiunse faticosamente la riva.

Quando mise piede sulla terraferma, le brutali energie che lo avevano tenuto nella lotta svanirono; sentì gli occhi annebbiarsi, i muscoli perdere la rigidità, e la sua carne sembrava trasformarsi in cenci flaccidi.

E facendo qualche passo esitante, cadde a faccia in giù, appiccicato a terra senza senso.

Il sole splendeva abbastanza alto quando il calore che gli davano i suoi raggi lo rianimava. Tornò in vita lentamente, a malapena realizzando la sua situazione e gli ci volle lavoro e fatica per ritrovare la lucidità. Quando finalmente riprese tutti i suoi sensi, cominciò a ricordare l'evento dettaglio per dettaglio e il suo viso scuro e duro rifletteva l'angoscia più dolorosa.

Male per sempre, malconcio, sconfitto, dolorante e flaccido, era stato salvato. Era stata una cosa titanica, ma c'era riuscito; ma che ne era stato di Caro? Era adesso che lo ricordava per la prima volta da quando era caduta nelle onde del Grande Uno.

E il dolore lo ha schiacciato. Caro non avrebbe potuto resistere all'attacco del suo nemico, tanto meno a un tuffo nel Rio Grande nel cuore della notte.

E pensò a sua madre e sua sorella, al dolore che le avrebbero provate quando avrebbero saputo della tragedia e della responsabilità che questa morte avrebbe gettato sulle loro spalle per essere stata quella che aveva spinto Caro a unirsi ai ranger.

Come se il suo corpo fosse di pietra, si rialzò a fatica. Era inzuppato d'acqua, esausto, e la spalla sinistra gli doleva in modo insopportabile, senza dubbio perché ora si stava gonfiando più fortemente per il colpo.

Si avvicinò faticosamente al fiume. Scivolava turbolento e non era necessario pensare che qualsiasi chiatta che lo risaliva potesse avvicinarsi alle sponde per raccoglierlo, perché era pericoloso, ma impossibile.

Avrebbe dovuto usare i suoi mezzi per andare avanti e arrivare a El Paso quando e come poteva. Ma era così esausto che aveva bisogno di ricaricarsi per quella passeggiata. Il fiume lo aveva portato a poche miglia dalla città e non sapeva come arrivarci.

Quel posto era deserto. Era tutta una prateria aperta e la città più vicina doveva essere al di sotto non sapeva quanto lontano. La sua odissea sarebbe doppiamente dolorosa, perché la lunghezza della marcia lo renderebbe stanco, affamato e dolorante.

Ma non poteva perdere tempo. Più perdeva il suo tormento, più grande sarebbe stato e doveva interromperlo.

La sua unica speranza era che qualche Ranger di guardia lungo il fiume scendesse abbastanza lontano da scoprirlo.

E sopportando le sue pene cominciò a camminare lentamente verso il nord.

La marcia è stata difficile. Era quasi metà pomeriggio quando aveva esaurito le sue energie e si sentiva svenire. Non poteva andare avanti e sarebbe stato costretto a lasciarsi andare sull'erba e trascorrere un'altra notte di tormento. E quando esausto si accasciò a terra, prese al galoppo alcuni cavalli. Come elettrizzato, si alzò e cercò la fonte di quel galoppo.

La sua gioia è stata indicibile quando ha scoperto che si trattava di una coppia di Rangers. Quando lo scoprirono, gli corsero incontro.

«Sergente Reggs, sergente Reggs!

"Ciao ragazzi, come state da queste parti?

"Santo cielo, come stai, sergente! Ma per fortuna almeno è vivo.

"Esatto, ragazzi. Non mi dirai che mi stavi cercando.

«Certo che stavamo cercando te, sergente. Ci sono venti uomini che camminano lungo il fiume per cercarlo.

"Come sapevi che poteva essere qui intorno?

"Per suo fratello Caro.

"Ehi? Costoso? Mio fratello è salvo?

«Sì, sergente. È apparso a mezzogiorno a El Paso con una barca e due contrabbandieri che aveva annullato sbattendogli la testa con un sasso. È stata una cosa grossa secondo quanto ci hanno raccontato ed è stato lui a dire che erano caduti nel fiume ed è per questo che lo stavamo cercando qui.

Bob, con le lacrime agli occhi, cadde in ginocchio e ringraziò il cielo per la salvezza di Caro. Poi chiese dell'acqua e qualcosa da mangiare, che divorò con feroce appetito.

Più confortato, salì su uno dei cavalli e chiese i dettagli dell'odissea del fratello, ma nessuno poté darglieli perché ignoravano tutto quello che era successo.

Ed era già notte quando entrarono in caserma dove il capitano Walter, cupo e nervoso, passeggiava per il cortile dominato dal più grande pessimismo sulla sorte del maresciallo.

La sua gioia fu immensa quando lo vide entrare e avanzare verso di lui, gridò:

"Finalmente, Bob, ci hai avuto con le nostre anime al seguito!

"Mi scusi, Capitano, io... ma per favore, dov'è mio fratello?

Le urla che si verificarono all'arrivo del maresciallo allarmarono Caro, che apparve di corsa nel cortile. Quando vide Bob, si lanciò verso di lui e senza poter dire una parola, lo abbracciò convulsa. Bob sentì i suoi occhi riempirsi di lacrime e le accarezzò i capelli, dicendo;

"Come sono felice, Caro! Ho pensato che...

"E io? Quello che ho sofferto pensando a te e ai nostri.

"Beh, ora è tutto finito. Ora tieni duro.

Il capitano, indicando i capannoni, ordinò;

"Bob, cambiati i vestiti e vestiti un po'. Quando sei pronto vieni nel mio ufficio; anche tu, Caro.

Mezz'ora dopo i tre si ritrovarono nell'ufficio, dove i due fratelli si raccontarono separatamente le loro avventure.

Bob, molto orgoglioso di apprendere dell'impresa di Caro, ha dichiarato:

"Mio capitano, spero che sia rimasto soddisfatto del test. Ero sicuro che mio fratello non mi avrebbe lasciato in una brutta situazione.

"No. È stato coraggioso, e a tempo debito otterrà la sua ricompensa. Ora, quello a cui devi pensare è sfruttare i dati catturati da Caro e non lasciare Harry abbandonato. Anche lui è in grave pericolo per collaborando all'operazione.

"Naturalmente. Harry ha anche un carattere da ranger e riconosco il suo merito. Siamo stati un po' un eroe con la forza, ma lo sta facendo a sangue freddo, cercando il pericolo. Spero che questo aiuti in modo da non perdere contatto con lui se troviamo l'equipaggio.

"Hai già interrogato quella coppia di avvoltoi?

"No. Uno non è ancora tornato in sé e l'altro, non credo, potrà dire nulla. Il dottore lo trova molto serio e diffida che si salverà.

"Un avvoltoio in meno. Finché l'altro può parlare...

«Non fidarti troppo, sergente. La maggior parte di questi uomini sono manichini autocontrollati. Sanno solo quanto poco gli viene detto o ordinato e Tymson non si fiderà di loro per spiegare i suoi piani. Ma sapranno qualcosa, ad esempio, dove ha la banda, il suo rifugio e forse dove si trova il contrabbando. Qualcosa per aiutarti a individuarli meglio.

"Ci proveremo. Ora, la cosa principale è vedere come queste persone vengono monitorate e localizzate a La Mesa. Se Tymson perde i tre o quattro uomini che ha perso nella sua fuga, starà molto in guardia e varierà i suoi piani. Non sono proprio sicuro che lo troveremo a La Mesa, e ancor meno, di contrabbando. Penso che abbiamo ancora un sacco di ossa da rosicchiare.

"Finché l'osso sarà vicino ai denti, lo rosicchieremo.

"In tal caso, dovresti riposarti da tanta fatica e recuperare. Lascia che il dottore guardi quella spalla che fa tanto male e studieremo il piano da seguire.

Bob dovette sdraiarsi e il dottore gli esaminò la spalla. Non aveva ossa rotte, ma aveva un grande gonfiore a causa del colpo.

Quel giorno il coraggioso sergente dormì poco e male. La febbre lo colse e la sua febbre aumentò notevolmente e il medico predisse che entro una settimana non sarebbe stato in grado di prestare servizio attivo.

Ciò era contrario al capitano che voleva affidargli il servizio da svolgere. Una settimana era lunga, vista la scarsità di tempo.

Stava pensando a Caro, ma il ragazzo, per quanto coraggioso e tenace, mancava di esperienza per certi servizi e sarebbe stato costretto ad affidare la missione a un altro sergente.

Quella notte ha cercato di interrogare il contrabbandiere ferito. Ha insistito nel dire che sapeva molto poco degli affari di Tymson. Lo avevano spedito a El Paso per portare via il suo capo in barca quando era pronto a partire e sapeva solo che una settimana dopo si sarebbe dovuto concentrare a La Mesa, dove avrebbe incontrato il suo compagno.

Ma il capitano lo assediò di domande.

Da dove viene la barca? "Chiedo.

"Da San Elizondo. Là ci ha ordinato di andare a cercarlo.

"E quello che è stato lasciato qui sul lungomare quando hai sganciato?

"Non conosco un'altra barca.

"Sembra che tu non voglia sapere nulla e questo è molto pericoloso. Ci sono delle buone corde di canapa per sciogliere la lingua degli smemorati.

"Puoi impiccarmi, ma non posso dire di più. Ci ordinò di ritirare la barca che un pescatore di nome Jack doveva consegnarci e di aspettarlo da mezzanotte sul lungomare. Poi, abbiamo avuto l'ordine di lasciare la barca dove l'abbiamo presa e andare a La Mesa.

"Quante persone ha Tymson al suo comando?

"Non lo so. A volte raduna fino a due dozzine di uomini e a volte meno, se necessario. Chi lo sa è Morley, il suo scagnozzo che è quello che ci dà gli ordini.

"Dov'è Morley? Chiese il capitano, ricordando che questo era il cognome da cui aveva preso Harry.

"Chi lo sa? Lo abbiamo visto quattro giorni fa quando ci ha dato l'ordine di svolgere il servizio e non lo abbiamo più visto.

Walter ha dovuto rinunciare a qualsiasi ulteriore interrogatorio del ferito. Per il momento nulla poteva uscirgli più di quanto era stato detto, che era ben poco, ma sperava che quando si fosse ripreso un po' dalla profonda ferita che gli tormentava la testa, sarebbe stato in grado di premerlo di più, anche se con minacce abbastanza gravi.

Per il momento, dato che a quanto pare la cache non sarebbe stata in grado di passare in Messico fino a una settimana dopo, potrebbe aspettare senza pregiudizio per iniziare a prendere misure per organizzare la sorveglianza e il sacco.

Per fare questo, avrebbe dovuto comunicare con le popolazioni rurali del New Mexico per cercare di coordinare i loro sforzi al momento giusto.

Capitolo VIII

PERICOLO DOPO PERICOLO

Harry si sentiva un po' nervoso quando all'alba si ritrovò lontano da El Paso senza poter lasciare la minima traccia in modo che Bob ei suoi uomini potessero seguire le sue tracce ed essere consapevoli di ciò che poteva accadere.

Stava cominciando a temere che il suo tratto audace sarebbe stato inutile, e invece sarebbe stato costretto a collaborare con i contrabbandieri nel nascondiglio se i Rangers in qualche modo lo avessero mancato. Sarebbe stato un pericolo stupido per lui correre, perché immaginava che una volta catturato nelle maglie della banda, non sarebbe stato molto facile per lui romperlo e scappare da loro e se ci fosse riuscito e fosse scappato, la sua fuga si sarebbe alterata tutti i piani di Tymson e dei suoi. i suoi rapporti ottenuti in forza allo scoperto servirono solo a disorientare i suoi compagni.

Morley aveva mostrato una grande capacità di farlo uscire da El Paso senza che nessuno lo sapesse. Questo gli diede una vaga idea dell'abilità e dell'astuzia dei contrabbandieri e di quanto bene il suo capo avesse organizzato questa attività produttiva e pericolosa.

Immaginò che il contrabbando dovesse avere un grande valore vista l'offerta che gli era stata fatta e se così fosse, anche le misure prese per proteggerlo dovessero essere molto dure e farraginose.

Ma non c'era più scelta. Avrebbe dovuto andare avanti e gli eventi futuri avrebbero dato il tono al suo atteggiamento futuro.

I cavalli girarono a nord e per circa tre miglia furono raggiunti da un'altra coppia.

Morley salutò uno di loro:

"Tutto bene, Jim?

«Tutto bene, Morley. Siamo partiti prima dell'alba e nessuno ci ha visto partire.

"Vai avanti. La nostra missione a El Paso è finita.

I quattro continuarono a galoppare. Harry immaginò che l'altro cavaliere che non aveva aperto le labbra e che sembrava un cowboy, anche se più sconfitto, fosse un altro nuovo elemento aggiunto alla banda.

E il Ranger si chiese di quante persone avrebbero avuto bisogno per l'operazione, quando erano stati costretti a catturare nuovi elementi in quel modo un po' arbitrario.

A metà giornata si fermavano nella solitudine del prato per preparare il pranzo. Nessuno parlò e nessuno dei due nuovi membri della banda sembrava determinato a fare domande.

Dopo lo spuntino, ripartirono di nuovo al galoppo e, al calare della notte, Morley disse:

"Dobbiamo accamparci qui fino all'alba. Ci restano due giorni per domani e la notte dormiremo nel nostro campo.

Harry fece un calcolo mentale. Supponendo che nei due giorni si fossero lasciati alle spalle poco più di quaranta miglia e camminando un po' in diagonale, si doveva supporre che la tana fosse nella serie, di piccole montagne che andavano sfalsate da sud a nord fino a entrare nella divisione dei Nuovo Messico.

I calcoli di Harry non erano sbagliati. All'imbrunire del giorno successivo, raggiunsero una di queste montagne conosciuta come Cerro Alto.

Non era molto esteso, ma era ripido, complicato e, in caso di pericolo, molto difendibile per la struttura della sua crosta e le sue enormi balze sollevate quasi fino alla vetta.

Entrarono in una stretta fessura e Morley prese il comando. Il labirinto di scalini era complicato perché si incrociavano e si biforcavano continuamente e solo lui poteva conoscere bene il percorso.

Alla fine si avvicinarono a due enormi dirupi che quasi si univano l'uno all'altro, lasciando uno spazio libero attraverso il quale un carro riusciva a malapena a passare attraverso lo sforzo.

Mentre si avvicinava, emetteva fischi modulati a cui si rispondeva dall'alto e poco dopo, un tipo dalla faccia cattiva, munito di fucile a doppia canna, uscì tra alcune rocce per riceverli.

"Ciao, Morley" salutò. E ritorno?

"Sì. Qui porto due cose nuove. Niente in particolare?

"Niente.

"Sono arrivate le sciabiche?

"Loro stanno arrivando. Ne abbiamo raccolti parecchi, ma mancano ancora.

"In questi giorni arriverà il resto. E i carri?

«Dodici finora.

"Non male. Presto arriverà anche il resto. Dov'è Frederich?

"Lì dentro.

"Partire.

Entrarono nella fessura alta e stretta e si trovarono all'interno di un'ampia apertura erbosa. Questo era un vero accampamento, dove una ventina di uomini vagavano per il vasto spazio come bestie rinchiuse in un'enorme gabbia.

A prima vista, Harry ha preso l'intera immagine. C'erano dei lunghi capannoni che dovevano essere destinati agli uomini della banda e distribuiti lungo il perimetro del burrone, dodici grossi carri solidi, pile di scatole di perfetto imballaggio ammucchiate l'una sull'altra e dall'altra parte, quasi un centinaio di sparto sciabiche. tessuta a forma di ampia rete.

Il Ranger stava esaminando ogni cosa con attenzione e si chiese cosa significasse. Quello che aveva in vista doveva essere la scorta che doveva andare in Messico in una data ravvicinata, e se era così ed era perfettamente imballata in solide scatole di legno e ben chiuse, qual era il significato di quelle sciabiche che Morley era così interessato a?

Non ci sarebbe voluto molto per scoprirlo, ma per ora era molto incuriosito.

Un ragazzo alto, tarchiato, dall'aspetto duro e minaccioso avanzò per incontrare Morley.

"Ciao Joe, che succede?" Chiedo.

«Non molto per ora, Frederich. Ecco, vi porto questi due bravi uomini. Ne sono arrivati altri?

"Ne abbiamo due nuovi. Sono arrivati due giorni fa.

"Beh, penso che con questi e quelli che sono rimasti a El Paso, non sarà più necessario. Come va?

"Non abbiamo ancora iniziato a preparare le sciabiche, in attesa che arrivi il resto. Non appena li avremo tutti, apriremo le scatole e prepareremo il tutto.

"Molto bene. Domani mattina andrò a La Mesa dove incontrerò il capo. Devi esaminare bene il terreno da quella parte per assicurarti che tutto andrà bene. Sicuramente non si aspettano che il passaggio venga fatto attraverso quel sito, ma, comunque, devi assicurarti.

"E il capo?

"Divertirsi a El Paso.

"Nessun sintomo di allarme?

"Non abbiamo osservato nulla, ma, comunque, il boss non si fida minimamente. A tempo debito scomparirà come fumo e sarà cercato.

Frederich prese in consegna i due nuovi contrabbandieri e indicò un borsone nei capannoni. Quindi, indicò che finché il lavoro non fosse iniziato, avrebbero potuto vagare a loro piacimento.

Harry non fece domande e il suo compagno, muto come lui, seguì l'esempio.

E così, il coraggioso ranger, si è ritrovato incastrato nella tana dei contrabbandieri circondato dal pericolo da ogni parte e senza sapere come avrebbe fatto a evitarlo e, soprattutto, come avrebbe potuto essere utile al Corpo facendo qualcosa che avrebbe frustrato la consegna di quella formidabile scorta.

Pieno di curiosità, attraversò la valle e quando ne ebbe l'occasione si avvicinò a una delle pile di scatole. Dovette stringere i denti per non ansimare quando si rese conto di cosa aveva davanti agli occhi.

Le scatole portavano vari segni, ognuno dei quali puntava in una direzione. Erano casse di armi destinate ai combattenti che non erano state aperte o inviate a destinazione a causa della fine della guerra.

E si chiedeva come avessero potuto impossessarsi di quell'arsenale che avrebbe dovuto avere un controllo rigoroso, visto che era materiale governativo destinato ai soldati.

Se fosse stato rubato, non si spiegava come avrebbero potuto prenderlo dai magazzini dell'Intendenza senza che se ne rendessero conto e, in caso contrario, si doveva ammettere che in questi magazzini c'erano alleati dei contrabbandieri che facilitavano l'uscita di quel materiale, chissà che se fingendo una destinazione legale non sarebbero mai arrivati.

Il giorno dopo qualcuno ha avvertito che stavano arrivando due carri. Un conoscitore del terreno venne a cercarli e più tardi entrarono nel campo. Sono arrivati carichi di sciabiche vuote e sia i veicoli che i conducenti sono stati lasciati nella tana.

E il giorno dopo, agli ordini di Frederich, iniziò il lavoro che tanto intrigò Harry.

Consisteva nell'aprire le scatole, disimballare le armi e trasferirle nelle sciabiche, ma in un modo che potesse indurre in errore le persone sul loro contenuto.

Queste sciabiche venivano riempite con erba fresca che ricopriva la rete all'esterno e poi, abilmente, l'interno veniva riempito con armi poste ad arte in modo che non apparissero da nessuna parte. Una volta che le armi erano a posto, venivano ricoperte di erba e chiuse saldamente. A prima vista, contenevano solo erba fresca per nutrire il bestiame.

Harry ammirò lo stratagemma. Nessuno poteva sospettare carri carichi di sciabiche che, senza un'accurata ricerca, contenevano solo mangime per il bestiame.

La cosa semplice era aver caricato le scatole come erano arrivate. Se il contrabbando dovesse essere passato con la forza o in incognito, quel lavoro, o quelle precauzioni, non è stato spiegato, ma data l'abilità di Tymson, ha indovinato qualcosa di più sottile di quello che i Rangers presumevano. Sicuramente la cosa doveva essere organizzata in modo tale che quei carri con quel carico falso potessero passare davanti al naso di chi ha il compito di evitarlo senza sospettare cosa contenessero.

Harry ha lavorato come il più nel confezionamento e per alcuni giorni l'operazione è stata eseguita con calma ma con attenzione. Frederich guardò tutti i contenitori e non furono legati finché non diede la sua approvazione.

Harry aveva lo stesso compagno che aveva fatto il viaggio con lui. Il Ranger lo stava osservando attentamente e sembrava intuire che non fosse molto felice, il che gli fece intuire che era stato ingannato, o che la necessità lo aveva costretto ad accettare qualcosa che non lo soddisfaceva.

E decise di tirare la lingua.

"Ottimo lavoro, amico," commentò. Se le cose vanno bene, metteremo in tasca abbastanza per darci la grande vita per un po' di tempo.

"Sì, andrà tutto bene se non succede qualcosa.

"Cosa succederà? Morley mi ha detto che questo viene fatto molto spesso e non hanno mai scoperto nulla.

"Morley dirà quello che vuole, ma qualche mese fa c'è stata una battaglia campale sul divario, in cui più di dieci conducenti da un nascondiglio come questo sono caduti e quasi tutto il carico è finito nel fiume.

"Tutto ha i suoi fallimenti. Credi che li avrà anche questo?

"Non lo so. Sarei felice di no, ma se andiamo bene ti assicuro che resterò in Messico. Non mi piace.

"Perché sei venuto?

"Era annegato, senza un soldo. Mi hanno detto che mi avevano dato un lavoro ben pagato e l'ho accettato. Più tardi ho saputo della classe lavoro e non c'era più scelta. Se avessi mai detto che avrei smesso, non mi avrebbero lasciato andare.

"È possibile. Quando ti impegni in una cosa del genere, sei già agganciato. Confidiamo che tutto vada bene e rimaniamo in Messico per seguire un altro corso.

"Anche tu non sei soddisfatto?

"Mille dollari aiutano a sistemarsi. Ero come te e avevo bisogno di soldi.

"È vero. Il denaro costringe molte cose.

Non hanno commentato ulteriormente. Harry ne sapeva abbastanza per, a tempo debito, se necessario, procedere secondo le circostanze. Era sicuro che se avesse avuto bisogno dell'aiuto del suo partner, l'avrebbe avuto, soprattutto se avesse saputo del suo status di ranger.

L'operazione di confezionamento è stata felicemente completata nel giro di una settimana e le sciabiche sono state poste sui carri saldamente legati con funi.

Per maggiore sicurezza, alcuni di essi, soprattutto quelli che sporgevano dal retro, contenevano solo erba. Era un provvedimento in previsione di un tentativo di registrazione.

Un pomeriggio, Harry fu sorpreso dall'arrivo di due cavalieri. Erano questi, Tymson e Morley, venuti per esaminare il carico e presumibilmente per guidarlo quando si sarebbero recati nella prateria.

Tymson non era più il tipo intelligente e ben vestito che avevo visto al locale. Ora indossava un vestito da cowboy di cattivo gusto, toccandosi la testa con un ampio cappello stanton. La sua camicia era sgargiante, i suoi pantaloni di jeans blu, stivali alti e due puledri impressionanti in vita.

Anche Morley era vestito in modo simile e questo fece sospettare al Ranger che stessero per imbarcarsi nel capitolo finale dell'avventura.

Con i nervi tesi, camminò attraverso la valle cercando di catturare qualcosa di ciò di cui stavano parlando tra loro e Frederick. Era molto importante per lui, perché il suo atteggiamento futuro poteva dipendere da ciò che avrebbe scoperto.

E anche se non era molto, ha sentito qualcosa che, a un certo punto, se la fortuna è stata con lui, potrebbe essere di grande utilità.

Era una domanda vaga di Frederich e una risposta di Tymson.

"Dove attraverseremo, capo?

"Da Filmore. Di là passa un sacco di mangime per i ranch dall'altra parte del fiume. C'è una grossa chiatta che attraverserà i carri. Dato che tutto verrà fatto in territorio americano, nessuno può sospettare nulla. Allora noi' Parlerò quando arriveremo al divario.

Harry era perplesso. Il piano era ben combinato, dal momento che non avrebbero attraversato il fiume al confine con il Messico, ma sarebbero passati dalla parte opposta all'interno del territorio del Nuovo Messico. In seguito, non avrebbero avuto l'inconveniente del fiume per passare allo Stato confinante, ma un lembo di terra con un confine illusorio che non sarebbe stato di ostacolo alla corsa dei carri.

Tutto molto ben combinato e capace di disorientare i ranger che avrebbero aspettato la scorta vicino al fiume.

* * *

Nel frattempo, a El Paso, il capitano Walter stava studiando l'azione dei suoi uomini. Aveva anticipato che ne avrebbe avuto bisogno di molti e aveva ordinato l'allontanamento dei ranger da diversi settori per averli raggruppati e disponibili in un preciso momento.

Le condizioni di Bob sembravano non consentirgli di affrontare il caso con l'energia necessaria e decise di affidare tale missione ad un altro dei sergenti più esperti. Quest'ultimo, con Caro come assistente, sarebbe andato a La Mesa per svolgere indagini. Al sergente fu ordinato di arrestare Tymson se lo avesse trovato nel villaggio.

Caro, dal canto suo, doveva svolgere attività di spionaggio vestito in borghese. Era ancora sconosciuto ai contrabbandieri e questo dettaglio poteva essere prezioso per lui.

E il ragazzo, incoraggiato dal successo iniziale, era cresciuto enormemente e si sentiva capace di grandi gesta eroiche.

Caro scese davanti al sergente. La sua missione era esplorativa e in seguito, quando il sergente lo raggiunse, gli avrebbe reso conto delle sue scoperte.

Ma mentre Caro è arrivato puntuale a La Mesa, il sergente no, perché è successo un imprevisto che lo ha fatto arrivare in ritardo.

Tutto fu rovinato dall'arrivo dell'unico sopravvissuto della barca a cui i due Ranger avevano preso parte. Fu lui che combatté con Caro e che, nonostante avesse ricevuto un duro colpo alla testa con un remo, riuscì a guadagnare la riva e nascondersi fino a quando non superò la linea di pericolo e si presentò a La Mesa quando Tymson stava per partire la città per unirsi al contrabbando e prenderne il controllo.

Il contrabbandiere è apparso con la testa fasciata, anche se la nascondeva con il cappello. Tymson, vedendolo, chiese:

"Quali notizie porti, Jules? E il tuo partner?

"Il mio partner? Il diavolo che sa, capo. È successo qualcosa di tragico dopo che te ne sei andato e questa è la data in cui non so cosa sia successo a Carl.

Tymson si accigliò ed esclamò:

"Parla, dì cosa è successo.

Il falso pescatore ha riferito della presenza dei due ranger nella barca e di come siano stati costretti a seguirli. Poi raccontò della rissa e di come la barca si fosse capovolta gettando tutti nella corrente.

"Non so cosa accadrebbe" ha aggiunto"; Volevo catturarne uno, ma è riuscito ad afferrare un remo e mi ha colpito alla testa. Questo mi ha impedito ed ero sul punto di non essere in grado di conquistare la riva. Ci sono riuscito e sono riuscito a venire qui in tempo per fare un resoconto dell'evento.

A Tymson non piaceva la notizia. Dei suoi quattro uomini, è stato il primo ad arrivare, e il resto deve essere già lì.

"Non mi piace", ha detto, "perché se uno di loro è stato salvato, cercheranno di trovare il mio indizio. Immagino che mi stessero osservando, ma non così tanto.

«Quindi rimarrai qui nel caso arrivino i tuoi compagni e li mandi al rifugio. Se dopodomani non sono tornati, prendi la strada e non preoccuparti più per loro.

E quella stessa notte Tymson, con il suo secondo, lasciò La Mesa per mettersi in salvo in previsione di una perquisizione da parte di tutti i paesi della zona fluviale.

Caro, ignara della presenza del ragazzo che stava per mandarlo all'eternità, aveva soggiornato in una delle due locande di La Mesa fingendosi un cowboy di ritorno dalle vacanze. Aveva in mente di finirli lì riposandosi per due o tre giorni e poi proseguendo verso sud.

Ma lo stesso giorno in cui il sergente sarebbe dovuto arrivare per incontrare Caro e sapere cosa avrebbe potuto scoprire per schierare gli uomini già pronti ad intercettare il nascondiglio, accadde l'imprevisto. Quando Caro si presentò alla porta della locanda con l'intenzione di uscire a fare una passeggiata, non essendo riuscita a localizzare nessuno, scoprì con infinito stupore un cavaliere che, munito di coperta, borsa da viaggio e fucile, partiva l'altra locanda situata poco più in basso della sua e apparentemente in partenza per un viaggio.

Il suo stupore fu tremendo quando riconobbe il contrabbandiere che stava per finirlo nel fiume e il suo primo impulso fu di inseguirlo per fermarlo, ma preso da un'ispirazione si tese nel vederlo scendere la strada verso il prato.

E senza perdere un minuto cercò il suo cavallo, pagò in fretta la locanda, e balzato in sella si preparò a seguire a distanza il contrabbandiere.

Doveva andare da qualche parte e se la fortuna lo avesse favorito e non lo avesse perso di vista, forse lo avrebbe portato in qualche luogo di capitale importanza per la sua missione.

Prendendo ogni sorta di precauzioni e facendo affidamento sulla sua vista acuta, lo seguì a una distanza dove era quasi impossibile distinguerlo. Il fatto che nella pianura non circolasse nessun altro cavaliere lo favoriva per non sviarlo.

Così lo inseguì per ore finché, la sera, si avvicinarono a un terreno più accidentato che gli avrebbe permesso di accorciare le distanze.

Ma la sua paura era che durante la notte si perdesse e non si rimettesse mai in carreggiata. Questo lo rendeva nervoso e non sapeva cosa fare.

Il calar della notte lo fermò all'inseguimento e si chiese furiosamente cosa avrebbe dovuto provare.

Finché, incautamente, decise di procedere con cautela. Se il contrabbandiere si fosse accampato, avrebbe potuto scoprirlo sotto la protezione che quella notte c'erano i riflessi della luna lontana.

E la fortuna è stata dalla sua parte, perché nella ricerca, il bagliore di un falò lo ha guidato al campo dei contrabbandieri. Aveva acceso un fuoco per arrostire della carne secca.

Caro, benedicendo la sua buona stella, si recò in un luogo non lontano e decise di passare la notte sveglia. Quando il contrabbandiere ha ripulito il campo, ha potuto seguire le sue tracce fin dove lo ha portato.

All'alba il suo nemico si preparava a partire, ma fu qualcosa di inaspettato che il suo cavallo nitrisse e quello di Caro rispose al nitrito.

Il contrabbandiere, rendendosi conto di avere qualcuno che lo spiava nelle vicinanze, sparò con un fucile, ma Caro, rendendosi conto che non poteva più mantenere l'incognito, non volle concedere agevolazioni al suo avversario e dal luogo che fungeva da osservatorio tirò fuori revolver e sparato velocemente.

Il contrabbandiere, colpito in modo vitale, non è riuscito a rimanere in sella ed è caduto a terra, lasciando cadere il fucile.

Caro, come una tigre, è saltata fuori dal suo nascondiglio, revolver in mano, e si è lanciata contro il contrabbandiere, applicandogli la canna della pistola alla testa. Il ferito aprì gli occhi con orrore vedendo la morte così vicina:

"Ancora tu! Al diavolo il tuo scheletro!

"Di nuovo io, amico, e questo non come quello, perché la sorpresa è stata mia. Dove sei andato così solo?

"Nel Nuovo Messico.

"Sei nel New Mexico, non lo sapevi?

"Intendevo Santa Fe.

"Ci vuole molto tempo, amico. Dove ti sta aspettando Tymson?

"Non so di cosa stai parlando.

"Lo sai bene. Ti trovavi a La Mesa con il tuo capo e Morley. Sei andato lì per incontrarlo e ieri hai lasciato il villaggio a metà mattina. Vuoi che ti dica di più?

"Se sai tutto, cosa chiedi? Lasciami morire in pace.

"No, non ti lascerò morire in pace se prima non parli. Ascolta, posso darti una possibilità di salvarti se parli.

"Quale possibilità?

"Sei ferito, ma non fatalmente. Puoi ancora salvarti se qualcuno ti aiuta. Dimmi dove sono radunati Tymson, Morley, il resto della banda e il contrabbando e ti risparmierò la vita. Se non parli ti metto una pallottola in testa, ma ti avverto una cosa: anche se non parli, non ci vorrà molto per sapere dove sono perché inconsapevolmente hai messo un ranger nella banda. Come apprezzerai, se non parli, non avanzi nulla né ti salvi, né salvi gli altri. La band sarà fantastica e se ti prendessero lì verresti sparato o impiccato.

Il contrabbandiere esitò un attimo e rispose:

"Se mi guarisci nel miglior modo possibile per resistere finché non mi prendono, te lo dirò.

"Affare fatto. In attesa.

Cercò nella borsa da viaggio i rifornimenti curativi che i ranger portavano sempre per le emergenze e scoprì la ferita. Aveva un proiettile nel petto che sanguinava a dismisura.

Con l'acqua dell'otre lavò la ferita, fece un tampone di garza imbevuto di iodio e lo inserì nella ferita, facendo urlare di dolore il contrabbandiere. Poi gli applicò un impacco e lo lasciò sdraiato sull'erba.

"Ci sei e non posso fare di meglio. Ora parla.

"Tymson si è riunito con la sua banda e il contrabbando su una collina a circa quattordici miglia da qui chiamata Cerro Alto. Qui è dove tutti si stanno preparando per portare fuori la scorta.

"Sono tanti?

"Un paio di dozzine.

"In che direzione va?

"Vai dritto. Non c'è altra collina vicino ad essa.

Caro non chiese altro. Gli interessava scoprire la collina, localizzarla, se era possibile avvicinarsi e verificare che il ferito non avesse mentito e poi, con tutti i dati possibili, galoppare a El Paso, raccontare a Walter della sua scoperta e presentarsi lì con tre dozzine di uomini temprati. Ranger che assaltano la boscaglia e non lasciano scappare un solo contrabbandiere.

Lasciò il cavallo del ferito bloccato e montò da solo, se ne andò in direzione della montagna.

Lentamente si avvicinò al luogo designato finché in lontananza scoprì la sagoma eretta del Cerro Alto isolato sulla pianura.

Si fermò esitante. Se si avvicinava in pieno giorno, correva il serio pericolo di essere scoperto.

La cosa migliore che poteva fare era accamparsi proprio lì, aspettare pazientemente che il giorno finisse e quando la notte fosse scesa sotto la copertura delle ombre, avvicinarsi alla montagna, filtrare attraverso una delle sue fessure e cercare l'equipaggio di Tymson fino a quando non l'ha localizzato. Poi, una volta certo che si trovavano nella boscaglia, poteva ritirarsi prima che il sole tornasse a splendere e al galoppo, sballando se necessario il cavallo, raggiungere El Paso e riferire al capitano la sua scoperta.

E controllando i suoi nervi scese da cavallo e si preparò ad aspettare pazientemente l'impero delle ombre.

Capitolo IX

SULL'ORLO DELLA MORTE

Le stelle illuminate d'argento cominciarono a brillare mentre le ombre cadevano sulla brughiera.

Caro ha deciso di portare a termine il suo piano. Aveva paura che ore dopo la luna sorgesse, illuminando il paesaggio e rendendo più difficile il suo lavoro e doveva fare in fretta se non voleva fallire quando il successo era alle porte.

Guadagnò lentamente terreno e si avvicinò alla montagna. Credeva che fosse molto difficile che con l'oscurità regnante potessero scoprirlo e quando si trovò ai piedi del massiccio roccioso rinchiuse il suo cavallo in un luogo che gli avrebbe permesso di raggiungerlo presto e decise coraggiosamente di entrare in quel trama sconosciuta.

Confidava nel suo coraggio, nella sua prudenza e nella poca lucidità che prevaleva. Tutto lo avrebbe protetto e aiutato a coronare il suo piano.

Presentandosi attraverso alcuni tagli che trovò nelle vicinanze, iniziò a salire in cerca di un possibile rifugio. Il silenzio era impressionante e nulla denunciava che potesse essere vicino alla tana, avanzò faticosamente, dovendo scegliere tra le tante forchette che gli si presentavano man mano che avanzava, ma il suo senso dell'orientamento lo portava a scegliere quelle che andavano più in profondità nella montagna e non quelli che lo hanno fatto scivolare ai suoi fianchi.

Di tanto in tanto si fermava, ascoltava avidamente e proseguiva un po' sconcertato, temendo che in seguito avrebbe avuto difficoltà a trovare la via d'uscita da quel misterioso labirinto.

Stava tastando il suolo da mezz'ora, quando una delle volte che ascoltava credeva di cogliere alla sua destra un mormorio di voci e qualche cavallo che nitriva e fremeva di gioia, cercò di orientarsi per arrivare al luogo che gli sembrava l'oggetto delle sue ansie.

Man mano che procedeva, i suoi sospetti aumentavano. Non si era sbagliato; non lontano doveva esserci un concentrato di persone che con noncuranza nel loro rifugio non prendevano precauzioni per non farsi scoprire.

"E avanzai fino a raggiungere le due alte rupi che davano l'ingresso al rifugio.

Gioioso, si gettò a terra e strisciando come una lucertola continuò ad avanzare. Voleva sbirciare attraverso quella stretta fessura e, se possibile, dare un'occhiata in giro per il campo; poi, quando era sicuro della sua scoperta, si ritirava, cercava l'uscita dal monte, e galoppava a El Paso per riferire tutto al capitano.

Ma all'improvviso, mentre stava strisciando sulla pietra, qualcosa di pesante e violento gli cadde addosso come se si fosse staccato dalla sommità della roccia e quando voleva rendersi conto di cosa si trattasse, gli avevano dato un duro colpo alla testa e due mani di ferro gli strinsero la gola fino a soffocarlo.

E nell'ansia di quella tragica situazione colse uno strano sibilo e una voce che gridava:

"Jackson, Jackson! Vieni qui aiutami, ho cacciato qualcosa di molto interessante.

Immediatamente, nuove mani lo afferrarono, qualcuno gli strappò di mano la rivoltella e, alzandolo in piedi, lo presero per le braccia come un imbranato.

"Beh, piccolo amico, le curiosità sono pagate e la tua avrà il suo premio.

Hanno penetrato la fessura e Jackson ha dato l'allarme. Poco dopo, Tymson, Morley e Frederich apparvero allarmati.

"Cosa sta succedendo? Chiese il primo dei tre.

«Questa lucertola che è strisciata su per la roccia fingendo di ficcare il naso qui dentro.

Tymson strinse i denti con rabbia. La presenza dell'intruso era molto allarmante, perché, anche se fosse una sola, indicava che gli stavano alle calcagna in un momento cruciale come questo.

E, furioso, ordinò:

"Portalo al falò; Voglio vedere la sua faccia.

Caro, mezzo asfissiato, un rivolo di sangue sgorgato dalla ferita che aveva provocato il colpo alla fronte, fu spinto verso un falò. Tutti i contrabbandieri, tesi, vi corsero incontro in preda a una nervosa curiosità di sapere chi fosse l'intruso.

Harry, insieme al cowboy che si era unito a lui nella banda allo stesso tempo e con il quale era diventato amico intimo nel caso fosse interessato alla loro amicizia a un certo punto, si fece avanti spaventato da ciò che poteva accadere. Dava per scontato che solo un Ranger potesse essere così audace da sfidare il pericolo commettendo quell'atto di coraggio.

Ma il suo stupore fu tragico quando, guardandolo, riconobbe in lui Caro. Un brivido di angoscia le scosse il corpo e le parve di cadere a terra. Istintivamente dovette aggrapparsi al braccio del suo compagno per tenersi in piedi.

Il cowboy se ne accorse e, guardandolo, gli chiese a bassa voce:

«Che ti succede, Harry? Lo... lo conosci?

"Sì, e darei la mia vita se servisse a salvare la tua.

"Chi è? Qualche ranger?

Harry annuì.

"Come lo conosci?

"È che tratto sua madre e sua sorella, una ragazza molto carina e molto buona.

"Sì, ti piace la ragazza. Allora perche ...?

"Zitto, non parlare adesso. È meglio.

Tymson, riflettendo sulla sua faccia dura tutta la rabbia e la crudeltà di cui era capace, ordinò a Morley:

"Iscrivilo da cima a fondo.

Caro, dopo il primo momento di panico, si era rifatto. Capì la fine che lo attendeva e con una reazione coraggiosa volle dimostrare di essere un uomo che sapeva vincere e perdere e che non si sarebbe mostrato vigliacco al momento della sua morte.

E ricordando Harry, lo cercò ansiosamente. Se era lì, come si aspettava, voleva che si rendesse conto di che tipo di uomo fosse, e se si salvava, voleva che testimoniasse come aveva svolto il suo dovere fino all'ultimo, onorando il Corpo a cui apparteneva.

Quando lo scoprì ei loro occhi si incrociarono come spade, rimasero entrambi tesi, ma nessuno dei due si tradì denunciando la loro conoscenza.

Improvvisamente Morley, trionfante, mostrò qualcosa, dicendo:

"Ho pensato che lo fosse, capo. Guarda questo.

"Già; con un distintivo da ranger. Beh, amico, non sei il primo curioso di ficcare il naso nei miei affari e andare all'inferno senza indulgere a finire il tuo lavoro. Vediamo cosa hai da dirci.

E Caro, in un impeto d'orgoglio, urlò:

"Semplicemente, che siete maiali indecenti che commerciano con la vita di molti uomini. Sì, sono un Ranger, lo dichiaro con orgoglio e non mi dispiace morire nell'adempimento del dovere perché so che dietro di me ci sono tanti altri a vendicare la mia morte. Non ci vorrà molto prima che si trasformino e quando ci incontreremo all'inferno parleremo di questo argomento.

Tymson si fece avanti e, schiaffeggiandolo ferocemente, gridò:

"Non ti vedremo lì per molto tempo, sporco inseguitore, perché io valgo troppo, quindi nessuno può tagliarmi fuori. Dove sono gli altri? Parla o ti faccio a pezzi.

"È lo stesso per me, non lo so, ma se lo sapessi non lo direi. Sono venuto qui per caso, perché ho sorpreso uno dei ragazzi che presidiavano la barca con cui cercavano di annegarci nel fiume e l'ho travolto, costringendolo a parlare.

«Sono venuto per assicurarmi che la sua accusa fosse vera e se ho fallito, peggio per me, non per questo ci sarà qualcuno più fortunato di me, e se celebrerà la mia morte come qualcosa di straordinario, amareggerò la sua successo dicendogli qualcosa che non sa; Sono già vendicato in anticipo perché dei quattro che presidiavano le due barche, nessuno ripeterà mai l'impresa o contrabbanda.

«Quelli che ti hanno portato alla riva del fiume non sono usciti dalla piscina con la barca, perché li ho caricati io e dei due che presidiavano la barca dove ci siamo imbarcati stoltamente mio fratello e io non abito. Uno è annegato nel fiume e ho sorpreso quello che è rimasto a La Mesa e l'ho seguito finché non ho finito con lui. Ora puoi uccidermi quando vuoi, ma pensa a cosa è stato in grado di fare un solo ranger. Più tardi, gli altri ti mostreranno molte cose perché quella scorta... quella scorta non passerà mai in Messico.

Un clamore generale accolse la coraggiosa dichiarazione di Caro. Harry aveva paura del suo coraggio e il suo compagno lo guardò con stupore.

Tymson, trattenendo la rabbia, urlò:

"Stai zitto. Cerca il cavallo di questo ragazzo che verrà lasciato da qualche parte. Devi fare attenzione che non ci siano tracce della sua presenza e quando lo trovi, portalo.

Poi aggiunse, indicando a Morley:

"Quando il cavallo sarà portato, ti darò altri ordini.

E cominciò a camminare come un lupo rabbioso attraverso il burrone, mentre due contrabbandieri uscivano a cercare il cavallo.

Harry era devastato, rendendosi conto che non c'era potere umano per salvare Caro. Era andata troppo oltre nel tentare qualcosa al di là delle sue forze e avrebbe pagato per questo con la vita senza che lui potesse fare nulla a suo favore.

Il cowboy, che si chiamava Ruffus, tirò il braccio di Harry ed esclamò con voce roca:

"Hai sentito cosa ha detto? Che il contrabbando non raggiunga il Messico. Pensi che sarà così?

E Harry, scommettendo tutto su una carta, rispose:

"Non solo ci credo, ma lo so.

"Come?

"Ascoltami, Ruffus. So che sei dispiaciuto di essere venuto e mi dispiace per il destino degli altri. È ancora tempo che tu ti salvi, se vuoi.

"Come?

"Quel ranger non è l'unico alle calcagna della banda. Ci sono molti altri invisibili intorno a lei, e io sono uno di loro. Sarò in grave pericolo, ma quando verrà il momento di combattere, potrò salvarti se starai al mio fianco. Tymson è bloccato in un recinto che percepisce, ma ignora, e indipendentemente dal fatto che uccida o meno quello sfortunato, la sua fine è vicina.

Ora rispondi. Puoi anche denunciarmi e mi uccideranno con esso, ma quando si tratta di battere la banda cadrai con tutti. Se, invece, sarai disposto ad aiutarmi quando sarà necessario, ti salverai perché sarò io a sostenerti affinché nessuno ti includa nella lista degli indesiderabili.

Ruffus, con accento sincero, rispose:

"Non so cosa accadrà, Harry, ma ti giuro che sarò al tuo fianco in ogni cosa. Se devo morire, preferisco farlo con dignità.

"Grazie. Spero che avremo un po' più di fortuna di quell'uomo coraggioso.

Un'ora dopo, i due ruffiani apparvero con il cavallo di Caro.

Tymson tornò dal suo prigioniero e indicò:

"Molto bene. Legatelo bene, montatelo sul cavallo e portatelo sull'Altopiano del Diavolo. È un luogo ideale con una bella voragine ai piedi che non restituisce i suoi morti. Portate via "disse a Morley" tre uomini e quando sarà in cima con un paio di colpi al cavallo e all'uomo li manderai nel baratro, è più pulito e non lascia traccia.

Morley sorrise e girò la testa. Quelli più vicini a lui erano Harry, Ruffus e un altro.

Harry tremò come se una polveriera gli fosse esplosa nelle vene. Se gli mancava qualcosa che rendesse la sua situazione più sorprendente, doveva essere il carnefice del suo sfortunato compagno.

E un velo rosso di sangue attraversò i suoi occhi. Piuttosto che sparare un singolo colpo a Caro, ha preferito esserne crivellato.

Anche Ruffus fu sconvolto quando comprese il dolore del suo compagno.

Ma reagì rapidamente e si preparò ad accompagnare Morley e il prigioniero.

Caro è stato ammanettato, messo a cavallo e bloccato le gambe sotto il ventre del povero animale.

Morley prese il cavallo per le briglie e i tre designati come picchetto dell'esecuzione lo seguirono.

Harry, che non era rassegnato a vedere morire Caro, lavorò il cervello alla ricerca di una soluzione disperata e seguì Morley insieme a Ruffus mentre l'altro contrabbandiere stava al fianco del cavallo, nel caso il cavaliere perdesse la presa. Equilibrio.

Improvvisamente, Harry avvicinò la testa all'orecchio di Ruffus e disse:

"Dobbiamo salvare quel ragazzo.

"Come? Sibilò il cowboy spaventato.

"Ascoltami. Quando arriveremo allo scoglio e quando quei due avvoltoi saranno distratti, gli spareremo dal punto di tiro eliminandoli. Poi libereremo Caro così che possa scappare e galoppare alla ricerca dei ranger. Saranno qui presto e tutto questo sarà finito.

"E noi?

"Possiamo nasconderci in un posto difendibile dal quale non sarebbe difficile per noi tenere a bada chi ci stava cercando e cercava di darci la caccia. Passeremo qualche ora faticosa, ma scegliendo bene il sito rimarremo fino all'arrivo dei ranger. È un progetto molto fattibile e ti giuro che non perderai nulla se lo asseconderai.

Il cowboy rimase in silenzio per un po' mentre si allontanavano alla ricerca del tragico altopiano. Harry lo stava guardando con struggente desiderio aspettando la sua risposta.

E il cowboy, con un cenno, annuì.

Harry sentì le sue speranze rivivere. Il progetto era pericoloso, ma non ce n'erano altri.

Inerpicandosi su impervi sentieri si allontanarono dalla tana fino a raggiungere una grande altezza, la cui base era piatta e di dimensioni non molto ampie.

Quando lo raggiunsero, Harry realizzò la sua struttura. Dall'altra parte fu tagliata verticalmente e affondò a una profondità incalcolabile.

La luce della luna inondava cupamente la fatidica roccia e Morley, liberando il cavallo, indicò:

"Non lo sai vero? Bene, attenzione. Questo ragazzo troverà uno scheletro laggiù che lo accoglierà così non si sentirà così solo. Ecco!

Si avvicinò al bordo insieme all'altro contrabbandiere.

Harry concepì rapidamente un nuovo progetto più semplice e con un gesto lo espresse a Ruffus. Poi si fece avanti e quando raggiunse Morley che guardava in basso, con una spinta brutale perse l'equilibrio e lo gettò nel vuoto.

Un urlo impressionante squarciò il silenzio. L'altro indesiderabile voleva voltarsi, ma Ruffus, imitando il suo compagno, non gli diede tempo e lo gettò anche lui nel vuoto.

E poi, ci fu un silenzio straziante che Ruffus ruppe, dicendo:

"Fatto, Harry. Quello che verrà dopo, potrebbe essere indicato dal destino.

Harry le prese la mano e assicurò:

"Ruffus, la mia vita prima della tua se devo morire. Quello che hai fatto ti ripagherà.

Corse al cavallo, sciolse i legami di Caro, che era quasi svenuto dall'emozione.

"Presto, Caro, esci dal cespuglio e cerca i nostri compagni. Vola più che puoi o il successo non sarà completo.

Ma il ragazzo, eccitato, gridò:

"Harry, anche quello che avete fatto per me e per il vostro partner è qualcosa che non dimenticherò mai, ma vi siete messi in pericolo per me e non posso evitarlo. Starò con te e...

"Basta", urlò Harry. Te ne andrai subito o questo sarà stato inutile. Lasciaci, sappiamo cosa dobbiamo fare. Resisteremo tra le rocce fino al tuo arrivo. Non ritardare o sarai il colpevole che tutto va storto.

Caro non osò protestare. Strinse la mano a entrambi e su indicazione di Harry scelse il sentiero di discesa fuori dalla boscaglia prima che perdessero gli altri e potessero dargli la caccia.

E quando il ragazzo coraggioso scomparve giù per la collina, Harry indicò:

"E ora seguimi, Ruffus. Ci allontaniamo più che possiamo mentre loro non scoprono cosa è successo e più in alto saliamo, meglio ci difenderemo e meglio copriremo il paesaggio quando arriveranno i miei compagni. Sono molto felice perché penso che questo sarà l'ultimo incontro.

E seguiti da Ruffus, iniziarono a scalare altezze, salendo e spostandosi il più lontano possibile dalla tana.

In questo speravano di catturare le detonazioni. Sebbene l'altopiano fosse un po' fuori mano, i colpi potevano arrivare e tutti stavano aspettando, con impazienza.

Passò più di mezz'ora, finché Tymson, indignato, gridò:

"Cosa diavolo stanno facendo quegli stronzi? Dovrebbero essere tornati a quest'ora.

E Frederich, irrequieto, ringhiò:

"Vado a vedere cosa succede; non mi piace.

Si affrettò alla roccia, ma quando raggiunse la cima non trovò tracce dei cinque uomini che erano usciti dalla tana mezz'ora prima e in possesso di un tragico presentimento tornò veloce, gridando:

“Capo, nessuno può essere visto.

"Che dici?

“Che non c'è traccia di uomini o cavalli. Non spiego questo.

Tymson perse le staffe all'affermazione e si lanciò verso la roccia, seguito da alcuni dei suoi uomini. Ma il record è stato vano. Sembrava che il baratro li avesse inghiottiti tutti.

E furioso, cominciò a dare ordini:

"Non può essere. È successo qualcosa di grave. Cerca dappertutto finché non ne trovi uno. Due che vanno a cavallo e scendono in pianura per vedere se scoprono qualcosa. Temo tante cose e per l'inferno è già troppo.

E mentre due cavalcavano a cavallo e scendevano dalla montagna, gli altri si dispersero per gli accidenti della terra cercando i cinque scomparsi.

Ma i suoi sforzi furono vani. Anche la notte non aiutava e rischiavano di perderla in una ricerca inutile, almeno fino all'alba.

Capitolo X

LA FINE DELLA PROVA

Felicissima per la fine inaspettata della sua tragica avventura, Caro galoppò come una lancia favorita dalla piena luce della luna splendente. Il suo desiderio era quello di arrivare al più presto a El Paso per raccontare la sua odissea e arruolare l'aiuto di tutti i ranger disponibili. Il coraggioso Harry si trovava in una situazione molto pericolosa a causa sua e doveva ricambiare con lui allo stesso modo.

La giornata è stata lunga ed estenuante e all'alba il cavallo ha mostrato una stanchezza brutale minacciando di crollare.

E quando gli accarezzò i capelli disperato, due cavalieri attraversarono il paesaggio. Erano il caposquadra di un ranch e un operaio diretto al suo ranch.

Caro non ha perso tempo. Si è fatto conoscere, ha spiegato la situazione e ha chiesto in prestito uno dei cavalli, mantenendo il suo. Il caposquadra accettò il cambiamento e Caro continuò il suo estenuante viaggio.

Quando arrivò a El Paso, esausto, con il sangue che sgorgava dalla ferita alla testa e con il segno del brutale colpo che Tymson gli aveva inferto, non aveva quasi la forza di raccontare la sua odissea. Il capitano Walter lo ascoltò con i nervi tesi e poi chiese:

"Dici che la montagna si chiama Cerro Alto?

"Questo è il nome che mi hanno dato.

"Bene. Ritirati e riposati. So dov'è e non ho bisogno della tua gara. Rimarresti in mezzo alla strada e il tuo sforzo sarebbe inutile. Hai esaurito le tue energie e stai bene.

Caro lo udì appena; si stava addormentando seduto sulla sedia.

Il capitano lo mise a letto e cominciò subito a chiamare gli uomini. Diede loro un quarto d'ora per essere montati e attrezzati per la marcia.

Bob, quasi guarito, voleva unirsi al gioco. L'impresa di Harry di salvare la vita di suo fratello quando era irrimediabilmente perso richiedeva un equo compenso ed era disposto a sacrificare la propria per salvare Harry.

Quaranta uomini componevano la rosa. Il capitano Walter era disposto a non fare concessioni al nemico ma a distruggerlo per sempre ed era all'avanguardia per dirigere l'operazione in persona.

Con soste periodiche di un'ora per riprendere le forze e dare ai cavalli un margine di riposo, cavalcavano tutto il giorno e tutta la notte. Quel sistema di soste permetteva uno sforzo maggiore nell'anticipo, sebbene tutti accusassero il sonno e la stanchezza.

Ed era mezzogiorno quando diedero la vista del Cerro Alto dove la lotta doveva finire.

La pianura era deserta, e questo indicava che se la banda di Tymson non era fuggita, doveva essere isolata nella boscaglia.

Ed eccolo lì, perché il capo dei contrabbandieri, dopo aver calcolato i pro ei contro, aveva deciso di non uscire in pianura. Se c'era qualche possibilità di difesa, e se aveva successo, era lì, tra le rocce, dove potevano essere difesi centimetro per centimetro.

La cosa brutta per lui era che in un modo inaspettato aveva perso otto uomini del suo equipaggio e questo sarebbe stato molto evidente al momento del combattimento.

Quando le popolazioni rurali si avvicinarono alla montagna, il ruggito degli spari intensi raggiunse le loro orecchie, echeggiando attraverso le cavità della montagna. Dopo un'ansiosa ricerca erano riusciti a localizzare Harry e il suo compagno e avevano messo tutto il loro coraggio nel dar loro la caccia, immaginando che il loro tradimento avesse liberato il prigioniero, sbarazzandosi di Morley e del suo compagno.

Ma i due coraggiosi avevano trovato un'altezza difficile da scalare ed erano diventati forti su di essa. Protetti dagli strapiombi rocciosi della falesia, spararono a tutti quelli che si avvicinavano e cercavano di metterli a tiro o di salire in cima, e avevano già messo fuori combattimento altri due contrabbandieri.

Ma erano sotto assedio, senza cibo, senza acqua e senza niente da mettere in bocca. Furono quarantotto ore di angoscia mortale difendendosi come belve e facendo turni di sorveglianza durante la notte per non essere sorpresi.

Entrambi avevano la bocca secca per l'erba di sparto e la fame li affliggeva, ma continuarono a combattere ferocemente e lesinare sul comando. I loro avversari hanno cercato di costringerli a esaurire le loro riserve e poi di averli alla loro mercé, ma entrambi hanno sparato solo quando erano in pericolo o quando pensavano che qualcuno fosse nel raggio dei loro colpi.

Ruffus sembrava disperato che sarebbero arrivati in tempo per salvarli, ma Harry lo stava incoraggiando. Era sicuro che la giornata non sarebbe finita senza l'arrivo dei Rangers.

E non aveva torto. Poco prima di metà pomeriggio dalla sua altezza, Harry scoprì una massa compatta che avanzava tra nuvole di polvere ed eccitato, esclamò:

"Ruffus, attenzione! I ranger!

Il cowboy guardò la pianura con gli occhi arrossati e rabbrividì. L'ondata di polvere si precipitò in avanti in un'ampia fascia.

Quanti verranno, Harry?

"Basta, non preoccuparti, amico.

Un grido assordante si levò tra i massi. I contrabbandieri avevano appena scoperto i loro nemici secolari e la confusione si era impadronita di loro.

Tymson, furioso fino al parossismo, iniziò a impartire ordini come un matto. Tutti gli ingressi alla montagna dovevano essere bloccati per impedire ai Ranger di entrarvi.

Questo li ha costretti a ignorare Harry e il suo partner. Il pericolo era altrove ei due assediati non sembravano preoccuparli.

Ma ha avuto cura di lasciare un uomo in agguato per impedire loro di lasciare il suo rifugio e diventare un cuneo per la sua schiena. Dovettero immobilizzarli lì mentre gli altri fronteggiavano la squadra di uniformi.

Ben presto furono ai piedi della montagna, spargendosi dappertutto per offrire il più piccolo bersaglio e allo stesso tempo disunire le forze nemiche e poterle attaccare più facilmente.

I loro stanchi cavalli galoppavano da una parte all'altra mentre gli ottimi fucili degli esploratori sparavano contro le rupi dove scorgevano la sagoma di qualche contrabbandiere, o catturavano la detonazione delle loro armi.

Quando la lotta divenne generale, Harry, che non voleva rimanere inattivo, invitò il suo compagno:

"Scendiamo? Penso che al posteriore possiamo essere molto utili.

"Comunque, per porre fine a questo calvario" ruggì il cowboy, impazzito dalla sete, soprattutto.

Harry fu il primo a tentare la discesa. Si sporse e guardò in basso senza vedere nessuno. Poi cominciò a scendere con cautela.

E quando fu in mezzo al pendio, una detonazione vibrò da una roccia. Harry sentì la brace del proiettile sfiorargli il fianco e ruggì di dolore, ma rapidamente sparò quando scoprì una testa che sporgeva per catturare l'effetto del suo colpo.

Il contrabbandiere è stato colpito dal proiettile che gli era entrato nel cranio e non sono stati più sparati contro di loro.

Harry continuò a scendere a disagio. Il proiettile gli aveva squarciato il fianco e mentre si muoveva sentiva il pennello ardente, ma duro come l'acciaio, non sarebbe stato relegato alla passività.

Entrambi raggiunsero i piedi della roccia e Ruffus, rendendosi conto dello stato del compagno, si spaventò:

"Cos'era quello, Harry?

"Niente di importante, Ruffus. Un graffio Avanti, c'è qualcosa di più urgente da fare.

E applicando il fazzoletto alla ferita sotto i suoi vestiti, strinse la cintura per sostenerlo.

E faticosamente proseguì con la rivoltella in mano, guidandosi al fragore dei colpi ad avvicinarsi al luogo dove i contrabbandieri difendevano l'ingresso della montagna.

Ma la tattica dei Rangers e il loro numero maggiore stavano prendendo piede. Gli uomini di Tymson, nel tentativo di tagliare ogni passaggio all'interno, erano stati costretti ad aprirsi troppo, perdendo il contatto, e questo li costringeva a combattere uno contro due ea volte contro tre.

E così alcuni Ranger, fortunatamente, dopo aver eliminato a testa alta l'ostacolo che si opponeva loro, erano riusciti a penetrare in alcune fessure, mentre altri faticavano ancora a sfondare il resto delle difese.

Presto si diffuse il panico. C'erano dei ranger nella boscaglia. Ne avevano cacciati due da dietro e gli altri, senza sapere cosa fare, si stavano ritirando alla ricerca di nuove posizioni. Avevano già subito alcune perdite e il loro potere di combattimento stava diminuendo.

Harry e il suo compagno salirono sul retro. Presto entrarono in contatto con uno in ritirata e lo abbatterono prima che avesse il tempo di proteggersi dal nuovo pericolo e la recinzione si restrinse pericolosamente per i fuorilegge.

Tymson, che aveva combattuto valorosamente come il più coraggioso dei suoi uomini, si rese conto che tutto era perduto e decise di tentare una manovra audace per fuggire, se possibile.

Cercò il suo cavallo e attraverso i pini, sentieri di roccia, lo lanciò verso i piedi della montagna cercando l'uscita. Se fosse riuscito a rompere il recinto, sarebbe stato salvato, e in caso contrario, non sarebbe caduto docilmente lì rinchiuso.

Stava discendendo un sentiero a semicerchio, quando Harry, che aveva raggiunto l'altezza di alcune rocce per abbracciare meglio il paesaggio, lo vide galoppare sotto di sé costeggiando la roccia in cerca di scampo e temendo che nella sua audacia ci riuscisse, tentò di raggiungerlo. tiro. Ma il suo revolver si è inceppato e disperato ha dovuto rinunciare alla caccia.

Ma improvvisamente, con una reazione brutale, corse dall'altra parte del masso e guardò in basso. Tymson girò intorno alla scogliera e presto sarebbe passato sotto di essa.

E senza esitazione, ha aspettato. Poi sussultò, balzò e cadde sopra il contrabbandiere mentre passava sotto di lui.

Entrambi rotolarono come una strana palla che cadeva dal cavallo. L'animale spaventato continuò a galoppare da solo ei due nemici, in un abbraccio mortale, si dibatterono un attimo sulla pietra dello stretto sentiero.

Ma Harry, che aveva il vantaggio di essere caduto in cima, riuscì ad afferrare il bandito per il collo e quando cercò di scuoterlo di dosso con le ginocchia, affondandole brutalmente nel petto, e provocandogli ancora di più il dolore al fianco, scosse ferocemente la testa. movimenti convulsi e il cranio del contrabbandiere andò a sbattere contro la pietra del sentiero in un rollio sordo e sbalorditivo, finché non fu molle nelle mani del Ranger.

Si alzò esitante con la vista annebbiata, le tempie in fiamme e un enorme rumore nella testa, e crollò come una bambola quando Ruffus venne in suo aiuto.

Nel frattempo, la battaglia si stava placando. Più della metà dei contrabbandieri era caduta, altri feriti si difendevano selvaggiamente e alcuni cercavano di fuggire nelle fessure della foresta inseguiti dai Ranger che non volevano lasciar fuggire uno solo.

Bob e il Capitano Walter cercavano con impazienza Harry, temendo per la sua vita, poiché secondo Caro, lo aveva lasciato con qualcuno che lo aiutava in balia dei banditi.

Alla fine Bob, cercando, entrò nel sentiero dove Tymson e Harry erano appena caduti. Ruffus, accanto a lui, si sporse sul ranger cercando di aiutarlo, poiché la sua prima impressione fu di credere che fosse morto per qualche ferita ricevuta nel combattimento.

Il maresciallo, di fronte al gruppo, tese il braccio, presentando la rivoltella, mentre ordinava:

"Mani in alto!

Ruffus si affrettò a obbedire, urlando:

"Non spari, sergente. Sono stato io ad aiutare Harry a salvare il prigioniero e...

Bob abbassò il braccio e, precedendo il cowboy, gli offrì la mano, dicendo:

"Sei tu quello che ha aiutato Harry a gettare nel baratro quelli che stavano per uccidere mio fratello Caro?

"Suo fratello? Ebbene sì, sono io... Può attestarlo quando rinviene, e che... quello è Tymson, il caposquadra. Harry lo ha catturato saltandogli addosso da lassù quando ha cercato di scappare su a cavallo. Ti avverto che sei ferito. Ci hanno sparato all'ultimo minuto quando siamo scesi dal rifugio dove alloggiamo da quando suo fratello è scappato da qui.

Bob ha chiamato un ranger che stava sparando vicino a lui e tra loro tre hanno sollevato il corpo di Harry per farlo uscire da lì. Non conoscevano il suo stato di gravità, ma tutto doveva essere fatto per lui.

A poco a poco, la battaglia è diminuita. Dentro risuonarono colpi vaganti; Erano dei ranger che stavano inseguendo gli ultimi sopravvissuti ei ranger stavano cominciando a radunarsi attorno al loro capitano.

Presto si sparse la voce che Harry era stato trovato e Walter si precipitò ad incontrarlo. Bob lo presentò al cowboy che tanto aveva contribuito al successo dell'azienda, e il coraggioso ranger fu tirato fuori dalla boscaglia e messo sull'erba per procedere con un trattamento di emergenza.

Intanto il capitano, avvicinatosi a Ruffus, esclamò:

"Mi dirai tutto, ma per ora mi interessa sapere che fine ha fatto il contrabbando.

"Seguimi e ti porterò dove sei pronto per essere portato fuori di qui e trasferito in Messico. L'idea era di spacciarlo per mangime per bestiame e introdurlo nel paese vicino, non attraverso il fiume, ma attraverso lo spartiacque del New Mexico.

Li condusse nella tana e mostrò loro le casse frantumate e le sciabiche caricate sui carri.

«Molto ingegnoso», disse il capitano, «e potrebbe non essere la prima volta che le armi vengono sottoposte a questa procedura. Per quanto riguarda il contrabbando, sarà molto curioso indagare su come queste scatole siano uscite dai magazzini dell'Intendenza. Le autorità militari dovranno scoprirlo a tempo debito.

Dopo aver verificato che la cache non fosse partita lì, il compito immediato era quello di ripulire la collina dagli elementi abbattuti. C'erano una dozzina di morti, diversi feriti e due prigionieri.

Anche due Ranger hanno riportato ferite lievi e sono stati curati dai loro compagni proprio come era stato trattato Harry.

Mentre si svolgeva questa operazione, il capitano interrogò Ruffus. Era incuriosito dalla sua presenza lì e dal suo aiuto ad Harry.

Il cowboy ha raccontato come lo avevano ingannato e come è diventato amico di Harry, che ha finito per rivelare il suo status di ranger e promettendo di aiutarlo a evitare di essere trattato come un contrabbandiere. Aveva fatto del suo meglio e grazie a questo, Caro era riuscita a salvarsi e ad avvertirli in modo che arrivassero in tempo per salvarli dall'assedio e poter intervenire nel nascondiglio.

Il capitano, dopo aver ascoltato la storia, ha detto:

"Molto bravo ragazzo, ti sei comportato in modo decente e coraggioso e meriti una ricompensa. Ti interesserebbe entrare a far parte della mia Divisione?

"Come? Io ranger?

"Se sei interessato, sei ammesso d'ora in poi. Hai guadagnato abbastanza per il tuo reddito.

"Oh, certo che sì! Ero senza lavoro, e questo mi piace particolarmente, avere al mio fianco uomini coraggiosi e determinati come Harry e il fratello del sergente.

"Beh, niente di più, Ruffus. Da questo momento sei uno in più nel Corpo.

La notte è scesa su di loro e hanno dovuto accamparsi nella tana dei contrabbandieri, dove hanno trovato tutto il necessario per mantenersi, poiché erano ben riforniti.

Ruffus dormì come un ghiro vendicandosi delle precedenti vigilanze e la mattina dopo tutto fu organizzato per ripulire la collina dai cadaveri e rimuovere da lì il contrabbando.

Poiché era imballato, è stato spostato nel prato. I feriti sono stati sistemati in un letto di sciabiche e coperte e i morti ei prigionieri sono stati sistemati in un carro per il trasferimento a El Paso.

E l'enorme carovana cominciò a muoversi.

* * *

Quando raggiunsero El Paso, Caro, che si era ripresa dalla sua stanchezza, attendeva con impazienza il ritorno delle sue compagne. Temeva per la vita dei due uomini coraggiosi che avevano rischiato così tanto per salvarlo.

Quando finalmente li vide arrivare, corse incontro al fratello, chiedendo avidamente:

"Bob e Harry?

"Non preoccuparti, arriva in un vagone. Lo hanno colpito sul fianco, ma non è niente di grave.

«E l'altro, quello che l'ha aiutato?

"Anche lui viene con noi. Il capitano ti ha ammesso al Corpo.

"Sono contento; è stato un uomo coraggioso. Ora cosa faremo con Harry?

"Bene, guariscilo, cosa facciamo?

"Bob, dovremmo portarlo a casa. Sarei più curato lì e mamma e Cynthia vogliono vederti per ringraziarti per quello che hai fatto per me.

"Molto bene, Caro. Proporrò al capitano.

* * *

Harry è stato trasferito nella cabina dove è stato preparato un letto per lui e dove il dottore è andato a curarlo e Cynthia ha fatto di tutto per prendersi cura di lui.

L'uomo ferito è rimasto sotto l'effetto della febbre per due giorni, fino a quando non ha cominciato a diminuire e il coraggioso ranger si è reso conto della realtà.

Fu sopraffatto quando la madre di Caro e la giovane Cynthia espressero con veemenza il loro apprezzamento per il suo eroismo nel salvare la vita di Caro. Si scusò dicendo che era stato tutto il lavoro della linea del dovere e che non aveva importanza.

Fu molto felice quando gli dissero che la banda era stata sterminata e che Ruffus stava diventando un altro ranger del Corpo.

"Sono contento" esclamò "; se lo è più che guadagnato.

Per tre giorni non ha visto nessuno dei Regg, ma non gli sono mancati. Gli bastava la piacevole compagnia di Cinzia, che lo tormentava di domande e non faceva altro che chiederle dettagli di tutta la sua odissea.

Il terzo giorno, fu sorpreso di vedere arrivare il capitano, Bob e Caro. Questo non entrava nell'uniforme sulla cui manica portava le strisce del mantello.

Harry, vedendoli, sorrise e disse:

"Congratulazioni, Caro. Te lo sei meritato.

E il capitano, intervenuto per dire:

«In effetti, sergente Harry, te lo sei meritato. Vengo personalmente ad informarti che sei stato elogiato all'ordine del giorno e che il Capo della Divisione ha deciso di riconoscere il tuo grado nell'Esercito nel Corpo. Da questo momento in poi, sei il sergente dei ranger. Harry Parker.

Grazie, mio capitano. Ero determinato a fare del mio meglio per guadagnarmelo e sono orgoglioso di averlo raggiunto, perché ho sempre creduto di essere nato per il ranger. Non desidero più che mi si presentino nuove opportunità per avallare la mia promozione e per essere utile al Corpo fin dove le mie forze possono arrivare.

«Molto bene, sergente Harry. Ora per riprendersi e quando il medico lo dimetterà, otterrà un congedo di quindici giorni per la sua convalescenza. La giornata è stata molto dura e lui si merita quel riposo.

Vedo che qui sei coccolato come un bambino e lo celebro, perché in fondo hai contribuito a mantenere la felicità di questa buona famiglia. Lascia che la serie continui.

E lo disse con un sorriso e un occhiolino espressivo, che fece arrossire Cynthia e turbò non poco il ferito. Da quel momento Harry iniziò a riprendersi velocemente e presto si alzò dal letto e passò le ore seduto al sole sulla porta della cabina, accompagnato da Cinzia, che si sentiva posseduta da un enorme dinamismo, dovuto alla presenza di il ranger.

Un giorno Harry disse tristemente:

"Cynthia, mi dispiace molto dirti che sono guarita e che presto dovrò rientrare nella Divisione.

"E ti penti di essere stato restaurato?

"Sì, perché ora sarò costretto ad andarmene da qui e non averla costantemente al mio fianco.

"Ma puoi venire quando le tue occupazioni te lo permettono.

"Sì, certo, mi piacerebbe molto.

"Qualcuno ti sta fermando?

"No, certo, ma vorrei qualcos'altro.

"Il fatto che?

"Che mi autorizzi a venire come qualcosa di più di un paziente e di un amico.

"Come allora?

"Non mi hai capito? Mi piaci molto, Cinzia, e sono convinta che la mia felicità sarà completa se mi unisco alla mia promozione con la speranza di poter un giorno aspirare ad essere un membro della famiglia. Se il destino ci unisse spiritualmente, in uno stretto legame di cameratismo e avventura, sarebbe troppo per ambire quel legame che ci legherebbe più strettamente? Non so se ho qualche merito a cui aspirare e vorrei che mi deludesse o mi desse qualche speranza. Se ci riuscissi, mi considererei l'uomo più felice della terra.

E Cinzia, abbassando il capo, mormorò:

"Harry, te lo meriti e anche di più. Ha salvato la vita a mio fratello e ci ha reso molto felici; Perché non restituire la felicità con la felicità se allo stesso tempo posso anche aspirare ad essere la più felice delle donne?

Harry le prese la mano e la strinse con emozione e silenzio. Si sentiva così felice che non riusciva a trovare le parole per esprimere la sua felicità.

FINE